PSYCHO-PASS LEGEND

追跡者 縢秀星

a novel based on PSYCHO-PASS original series

〉〉 〉

桜井光

原作 PSYCHO-PASS サイコパス

MAG Garden

「――地下世界《アンダーグラウンド》、か」口元が歪む。
縢秀星は、我知らずに笑っていた。

Enforcer SHUSEI KAGARI

クレジット

Original Character Concepts
天野明

Character Design
浅野恭司

Sub Character Design
安食圭
タツノコプロ

Art Director
浅野恭司

Illustration
安食圭
タツノコプロ

Color and Finishing
三浦由記子 (Nitroplus)
峯松芽夢 (Nitroplus)

Book Design
シンシア (Nitroplus)

Logo Design
草野デザイン事務所

Special Thanks
サイコパス製作委員会
WIT STUDIO

PSYCHO-PASS LEGEND

追跡者 縢秀星

a novel based on PSYCHO-PASS original series

Written by
Hikaru Sakurai

目次

a novel based on PSYCHO-PASS original series　　Written by Hikaru Sakurai

PSYCHO-PASS LEGEND 追跡者 縢秀星

Characters

縢秀星《かがり しゅうせい》

厚生省公安局、刑事課一係の執行官。5歳から 19 歳まで更生施設で育つ。ハウンド4。

常守朱《つねもり あかね》

厚生省公安局、刑事課一係の新米監視官。シェパード2。

宜野座伸元《ぎのざ のぶちか》

厚生省公安局、刑事課一係の監視官。シェパード1。

狡噛慎也《こうがみ しんや》

厚生省公安局、刑事課一係の執行官。元監視官。ハウンド3。

征陸智己《まさおか ともみ》

厚生省公安局、刑事課一係のベテラン執行官。ハウンド1。

六合塚弥生《くにづか やよい》

厚生省公安局、刑事課一係の女性執行官。ハウンド2。

唐之杜志恩《からのもり しおん》

公安局、総合分析室の分析官。捜査活動をサポートする。

青柳璃彩《あおやなぎ りさ》

厚生省公安局、刑事課二係の女性監視官。狡噛や宜野座と同期。

< 00 2113.02.05

< 01 no data

< 02 no data

< 03 no data

< 04 no data

< 05 no data

< 06 no data

——迷宮の出口を探して走り回る、兎の気分だった。

それとも兎を追い掛ける金髪の少女か。猟犬か。

当然ながら後者以外には有り得ない、と縢《かがり》秀星《しゅうせい》は意識の片隅で考える。敢えて言葉にしなかった理由は、リアルタイムで公安局本部ビルの総合分析室と通信中だからだ。状況にさほど関わりのない軽口を叩いて分析室の唐之杜《からのもり》を混乱させても自分が困るだけではあるし、この局面でのそれは致命的な危機を招く引き金にもなりかねない。

何せ、こちらはひとりきりだ。

薄暗く、がらんとした無人の地下区画を進んで行く。

縢の手には、黒色の特殊拳銃《ドミネーター》が握られている。

手首のデバイスから響く唐之杜の声に導かれながら、縢は暗がりを歩く。そろそろ地下四階に差し掛かる。機械群に満ちたそこは、この塔の最下層であるはずだった。

街に聳《そび》える巨大な塔がある。

空虚な都市の象徴《ランドマーク》なだけあって見事なまでのがらんどう。

完璧都市にして首都たる東京、数多のホログラムで装飾された清潔と健全の凝集体。モニタリング装置とドローンによって無人管理される街並に似て、塔の中も概ね無人の施設であるらしい。

哀れ、簡単に砕かれてエントランスに転がっている猟犬じみたドローンがその代表。

この塔——

厚生省本部、ノナタワー。

二一一三年のこの国を統べる「シビュラシステム」を擁する行政機関、その中枢。

縢が自分の言葉で述べるとすれば、王様のいる玉座、だ。

ボス部屋。そう言い換えてもいい。実際のところ自分たち執行官を猟犬として扱っているのはシビュラを内懐に入れた厚生省に他ならない上に、ゲームで考えるなら、どういう角度から見たってその立ち位置は最後の敵《ラスボス》だ。二重の意味で、ボス。それならこの塔はボス・ステージのようなものか。

「縢、無茶だけはするな」

数分前。そう言葉を掛けられたのを覚えている。

狡噛慎也《こうがみしんや》——コウちゃんだけには言われたくない、と思ったままを口にした。自分の先・輩・にあたる執行官。タフネスの化身のような男。自分もそれなりの我が儘を通してきたつもりはあるものの、彼ほどの無茶は流石に覚えがない。縢秀星は、どんな局面でも、我が身の安全を考慮に入れて行動してきたつもりではあった。

まあ、当然。

狡噛もそんなことは知っているだろう。

知っていて、ああ言ったのだ。

ノナタワー、屋上のアンテナ区画に敵は四名。地下四階で姿を消した敵も四名。個人的には「姿を消した」という手品が気になったし、アンテナ区画で監視カメラに映った敵のリーダーに対して狡噛が凄まじい執念を抱いていることは十二分に知っていたから、縢は単身で地下を行くことを選んだ。上は狡噛と、常守《つねもり》監視官——常守朱《あかね》が行けばいい。

縢が相手をする敵は四名。

エントランスの警備ドローンをあっさり突破したことを鑑みても相当の手練れと覗える連中を相手にしての、一対四。成る程確かに。珍しく、狡噛があんな風な言葉を述べてもおかしくはない。

『その先の通路を右』

手首のデバイスを通じて響く、唐之杜の声。

相変わらず無人の地下区画。こちらを見付ければ途端に殺しに掛かってくるだろう敵が潜んでいるはずの暗がりであっても、こうして知った声が耳に届くのは奇妙な気分だ。

ノナタワーを維持するための機械群で構成された、地下深くの迷宮《ダンジョン》。こうして耳に届く唐之杜の声。状況と声とが相まって、いつか遊んだゲームを思い出す。

執行官になって初めてプレイすることになった体感型ゲームも、確か、こんな風に唐之杜の声を聞きながらプレイしていたはずだ。あの時はどうだったろう。勝ったのか、負けたのか。いいや、まさか自分がゲームに負けたはずがないから楽勝だったろうと縢は思う。

いつだってそうだ。

ゲームに勝ち続けてきたからこそ、今の自分が在る。

『……監視カメラの映像で追跡できたのはそこまでよ』

「何があるわけ？」油断なく視線を巡らせながら、縢は尋ねる。

『それが、図面だとただの行き止まり。何かの罠かも知れない。気を付けて』

「へいへい」

そう言って。

直後、通路の角から先を覗う。

そして、縢は目にした。地下四階突き当たりの分厚いコンクリートの壁が、大袈裟なほどにぽっかりと口を開けている様子を。自然と、表情に困惑が浮かぶ。

「……何これ？」

コンクリート壁。違う。

ここに在るのは偽装された隔壁シャッターだ。

更に奥へ続いている。慎重に接近してから、滕はシャッターの先を目視で確認──

「センセー、ここの地下フロアって四階で終わりのはずだよね」

『そのはずなんだけど』

「……嫌だなぁ。俺、こういうの柄じゃねえのに。やめてくれよ」

口元を、僅かな笑みの形に歪ませながら。

隠し通路へと足を踏み入れて、更に下へと降りる階段を発見。公式の施設案内図は堂々と嘘を吐いていたらしい。最下層は地下四階どころか、明らかに、図示されたものよりも深く掘り込まれた建築が成されている。

暗がりの階段を、滕は降りて行く。

存在しないはずの地下四階の更に下。奥深くへと。

逃げていく獲物を──兎を、追い掛ける。追い立てる。

地下の、ずっと奥深くまで。

降りて行く。降りて行く。

今は、そう、地下階で言えば六階から七階あたりに差し掛かるか。

自分の足音だけが響き渡る。

消音を意識すべきかと考えかけたものの、どうせ敵も追跡者を仮想しているだろうから意味はないなと肩を竦めて足早に、しかし、警戒は緩めずに降りて行く。

敵のリーダーがいる屋上部は、狡噛と朱がきっと何とかするだろう。

だから、縢は下へと降りて行く。

何処までも続く暗がりの階段を見据えながら、ふと思う。

そう言えば。また降りている。ほとほと、自分はこの暗がりと縁があるらしい。


「——地下世界《アンダーグラウンド》、か」


口元が歪む。

縢秀星は、我知らずに笑っていた。

< 00 2113.02.05

< 01 2097.12.10

< 02 no data

< 03 no data

< 04 no data

< 05 no data

< 06 no data

1

「アリスは地下へ落ちて行ったんだ」

へえ、そう。

そりゃあ大変だ。

降りて行くならともかく落ちて行くんだから大した事故だ。

底の深さにも依るけれど、三メートル以上なら骨折ものではあるだろうし、何より首や頭を損傷したらかなりの怪我になる。アリスっていう奴がどういう家の人間か知らないが、せいぜい裕福な家庭でありますように。この時代、金があるなら大抵のことはどうとでもなる。腕や足が駄目になっても機械製の義肢を付ければ生活に支障もない、どころかちょっとしたサイボーグになる訳だから、生身より便利なこともあるかも知れない。

「落ちて、落ちて。さまよって、さまよって、兎を追って」

何だ。

怪我はしなかったのか。

それでも迷子にはなったらしい。

何だ。兎？

兎の話は突然出て来た。

本物の兎なら、そりゃまた大した探し物。機械の玩具でもない生体、正真正銘の生きた動物なら高価に過ぎる。危険な場所で落下。それから迷子。そういう無茶をする理由にはなるだろうと思う。

「そして、アリスは赤の女王とゲームをする」

また、突然話が変わる。

ゲームかよ。

それに女王？　赤の女王？　チェスは白と黒だよな。

真面目に話を追うのがだんだん莫迦らしくなってくる。二〇九七年の日本に女王なんてものはいやしないし、たとえば仮に「海外」って話にしても信憑性が薄い。天然の動物を追い掛けるガキの前に、なんで女王なんてものがわざわざ現れてゲームなんざ。

相手をするのも面倒になってきた。

それでも、一応はガラス越しに見えるあいつの「話」は最後まで聞いてやる。

他にやることもない。

それに、こうしてあいつの「話」を聞くのも随分と慣れた。

「僕も同じだよ。これから、命がけのゲームをするんだ」

それは、音のない言葉。

音声を伴った発言として縢秀星《かがりしゅうせい》の耳に聞こえたものではない。

唇の動きで、ガラス二枚と僅かな空間を隔てた先の少年はそう言ってみせた。

ゲームをする、と。

「捕まったら、僕の負け。捕まらなければ、奴らの負け」

勝ち、と少年は言わなかった。

声は相変わらず聞こえない。

縢は、それでも彼の言葉を読み取ってみせる。

読唇術——誰かに教わったものではなくて、自然と身に付いた。というか、あの少年、分厚い強化ガラス越しに見える彼が、廊下を挟んだ「こちらの部屋」へ向けて唇を動かしているのを半日も見つめているうちに、なんとなく読めるようになっていた。

自分の、真っ白な部屋。

少年の、真っ白な部屋。

潜在犯更正隔離施設。長方形の狭い部屋の群れ。壁や床は、自傷防止のために柔らかな白い素材で包まれている。だから、白い部屋。廊下も白い。灯りも白い。ついでに言えば着せられた服すら白色だ。廊下に面した壁や扉はすべて強化ガラス製で、丸見え。此処にはプライバシーも何もない。

見慣れた風景だった。もう、一年半以上。

五歳の春に連れて来られたこの施設で、この部屋で、縢は満七歳の誕生日を迎えたばかりだった。

誕生日から数えて今日で一週間。七日目。

廊下を挟んだ正面にある「むこうの部屋」にあの少年が来たのも、一週間前。

(俺へのバースデー・プレゼント。……そんな訳、ないか)

顔も見せずに差し入れだけを定期的に送り続ける両親がそんな気を利かせるとは思えないし、そんな権限がある訳もない。職員なり施設の所長なりが新しい教育プログラムに同年代の子を云々する可能性をちらりと考えはしても、別に、近くの部屋に誰がいたって何かがある訳じゃない。

自分と同じく、丸見えの部屋同士。

定期的に廊下を通る施設職員だけでなく、対面の部屋の潜在犯同士でもお互いの部屋の様子は何もかもが見える。こうして、動かされた唇をじっと観察することだってできる。

少年の行動のすべてを縢は目にしていたし、少年にしても縢のすべてが見えている。

2

縢秀星は、人生の三割近くをこの隔離施設で過ごしている。

最初の三割にはろくな記憶もないから、体感的には人生の半分に等しい。セラピーやらカウンセリングやらストレスケア薬剤治療を繰り返す日々。まるで自分が実験動物にでもなったかのように思えてくる。

こうなってしまうと、施設の外にいた頃のことはだいぶ遠く感じられて、自分という人間は最初からこの白い景色を見ながら生まれてきたような錯覚さえ湧いてくる。

実際、両親の顔さえ、思い出せるのはあの時の悲痛な表情くらいだ。

あの日、あの時。

五歳の春——

母親に連れられて受けた厚生省の定期検診に見事に引っ掛かった。サイコ＝パス色相のチェックでまずは躓《つまず》いて、しかる後に解析された犯罪係数は実に一〇〇オーバー。どうしようもない。絶対的な宣告だった。

お宅の五歳のお子さんは現在のところは成る程何もしていないかも知れませんが、遠からずサイコハザードの発生源となって周辺市民の色相を悪化させ、社会に悪影響を与えかねない潜在犯であると認定されましたので、ただちに隔離、専用の施設に移送し、適切なプログラムで更正を試みます。

そういうことになった。

実に簡単。お手軽なこと。

途端に始まる更正プログラム。セラピー、カウンセリング、薬剤治療。エトセトラ。

機械の故障の可能性を母親は訴えていたような気がするけれど、誰も取り合う人はいなかった。社会を運営する「シビュラシステム」による犯罪係数解析に間違いなんてものがある訳がないと子供だって知っている。そう、誰も、シビュラの判定を疑わない。だから、母親は機械の故障なんて叫ばなかったかも知れない。正直なところ、滕はよく覚えていない。よろしくお願いしますと深々と係員とドローンに頭を下げていただけだった、としても別に何の不思議もない。

何故なら、シビュラは正しいから。

最大多数の幸福を導く、社会の中枢。現在の日本社会を運営する仕組みそのもの。

人間の心理傾向、精神状態を測定するサイマティックスキャン技術に基づく、全国民への適性判定及びレコメンドを行う厚生省の巨大支援ネットワーク——

生涯福祉支援システム。

シビュラシステム。

誰も彼もが、シビュラの恩恵を受けて暮らしている。

この鎖国した日本こそが唯一残った健全な社会であって、「海外」なんてものはとうに崩壊しているという話もある。健全で安全で幸福に満ちた社会が日本で維持されているのは、ひとえにシビュラの働きによるもの。だから、間違いなんてものがある訳がない。

犯罪係数の規定値を超えた人間は潜在犯としてただちに隔離。時に、排除。

何もしていなくても。

シビュラは、正確に人間をスキャンして社会から潜在犯を弾き出す。かくして社会は完璧なまでの健全さを保ち、都市には「健康な市民」だけが残される。

そうやって、縢秀星という少年も同様に弾き出されただけのこと。

友達を殺したとか、テロ計画をネットに撒いたとか、そういう重大な何事かを行った訳ではなくて――犯罪係数が一〇〇を超えたから。

五歳の春、粛々と施設へ送られて。

『きっと、更正できるわ。だから頑張って』

そんな風に言ったのは、母親だったたか、施設職員の若い女だったか。

最初の一年は両親も何度か面会に来たが、今年に入ってからは一月に顔を見せたきりで以降は音沙汰もない。きっと来年は一度も顔を見ないことになるだろう。もう、親の悲痛な顔以外の表情を確かめる機会も訪れないと、ぼんやりとは理解していた。

（顔。顔、かぁ……）

それなら、強化ガラスの向こうのそれのほうがよほど印象強い。

出会って一週間しか経っていない、廊下を挟んだ正面の部屋の少年。あいつの顔のほうが、よほど、今の自分の記憶には残っている。

男か、女か——

よく分からない。

透明な感じ。

大きな瞳や真っ白な肌は、女の子のようでもある。

気の強そうな瞳と口元は、男の子のようでもある。

どちらと言われても納得はできる。

それでも、きっと男だろうな、と縢は思っていた。

顔立ちからはよく分からないままだけれど、髪があまり長くないから、多分、男だ。

3

この一週間で仲良くなった——

そう、単純な言葉で片付けられるような間柄ではないと思う。

もう少し複雑なのだ。剣呑と言ってもいい。

そもそも、あちらからの「挑発」で自分たちの関係は始まったのだから。

誕生日、十二月三日に少年は「むこうの部屋」にやって来た。初めてここに来た時の滕に比べても持ち物が随分と少ない、というか、何ひとつ私物を持っていないようだった。

さらさらした髪をおかっぱに切り揃えた、多分、少年。

細身な自分よりも細い、華奢な体格。

何をするでもなく部屋のベッドの上に座ったり、寝転んだりして、一日目の自分と似たようなことをしているなと滕が思った瞬間に、目と目が合った。

それから、少年は明確にこちらを見つめて。

唇を、少し動かした。

何かを言ったのだ。

最初の半日は「こちらに何かを言っている」と気付いてはいたものの、滕は無視を決め込んでいた。一日の過ごし方はかなりの部分を施設側に決められていたし、自由時間には親から差し入れられた携帯型ゲーム・マシンで遊び耽るのが常。約一年半をかけて完成させた暮らし方《ライフスタイル》を変える気にはならなかった。

すると、少年は——きっと少年であるはずのあいつは、指を二本立てて。

人差し指と中指。

それから、くい、くい、と二度折り曲げて。

やろうぜ。という挑発のジェスチャー。そういうものは普通、人差し指だけでやるものだろうに、わざわざ二本。

「ゲーム、やろうよ」

そういう風に読み取れる形に唇を動かして。

小さな、桜色の唇。

口元を見ると自然と瞳も視界に入る。ひどく挑戦的な視線だった。

「ふざけんなっての」

声なく、自分も口の動きだけでそう言って。

どうでもいい、と寝っ転がったり、当てつけのようにゲーム機を起動させたりして滕は徹底的に少年の呼び掛けを無視した。邪魔をするな。これから何十年か分からないが、ともかく恐らくは死ぬまで自分はこのままひとりで過ごすし、ひとりで遊ぶ。わざわざ強化ガラス二枚と廊下の空間越しに声のないやり取りをするつもりはなかった。

それでも。

何度も、何度も。

昼も夜も。二日間たっぷり挑発を繰り返されるうちに、無視し切れなくなってきた。

(何なんだ、あいつ)

飽きもせずに指を動かして。

自信満々の表情で、ゲームをやろうと声のない言葉を発し続ける少年。

腹が立った、というのが第一の実感。

気が向いた、というのが第二の実感。

気付けば、むくむくと膝の中でやる気が湧き上がっていた。そもそも、ゲームを遊ぶという行為自体は嫌いではなかった。FPSで敵を叩きのめせば気分は晴れたし、RPGの類で黙々とレベル上げをするのも悪くない。意地悪く幾重にも組み込まれたパズルゲームを解ければ、飛び上がって歓声を上げることも幾度かあった。腕前にもある程度の自信がある。この施設に叩き込まれる前なら、ネット越しの「友達」連中を相手にゲームと名の付くものなら一通り遊び、どれを選んでもそうそう負けずに勝ち続けてきた。

(考えてみりゃ、対戦なんて久しぶりか)

当然、施設内ではネットの接続には制限がある。

ゲーム機やソフトの類は親から送られたものがあっても、基本的にはオフライン。ネットを利用したオンライン環境でのプレイなんてできやしない。どれだけ自信のあるゲームソフトでも、ランキングに参加することはできないし、リアルタイムで息を凝らしながら対戦で鎬を削るなんてものは夢のまた夢。更に言えば、施設内でプレイが許可されるゲームソフトにも大きな制限があった。銃弾を撃ち放って敵をぶち殺す、といったＦＰＳの類は、潜在犯の精神に云々で犯罪係数が云々、だとかあれこれと理由が付けられて厳重に禁止されている。

「……ゲームって言ったって、どうやって遊ぶんだよ」

唇を動かして伝える。

何か、お互いの部屋の中のゲーム機同士をオンラインで繫ぐ裏技でもあるのか。

膝の疑問に対して、少年は、嬉しそうに微笑んで。

「頭の中でやるんだ。簡単だよ、きみにもすぐにできる」

そう言った。

声はなく、唇だけで。

ゲーム機もなし。

ソフト類もなし。

それで、どうやってゲームを遊ぶんだと大いに疑問があった。ふざけているなら許さないからなと息巻いてみせても、少年は何でもないような涼しい顔を浮かべたまま、それどころか嬉しそうに笑ってみせる。

満面の笑みではなくて、微笑む程度。

妙に余裕に満ちているように見えて腹が立つ。

「いいかい、まず……」

少年が語り始める。

それは、電源を使わないゲームについての話だった。

正しくは盤面を使うゲーム。

人類の歴史上、古代から数多くの人々に親しまれてきたというゲームの先祖たち。

チェス。それに将棋。

格子《グリッド》の引かれた盤面で、多くの駒を使って互いに競い合う。基本的には一番大事な王さまや女王さまの駒が相手に取られた時点で勝負が付く。

知識としては頭の中にあったゲームだけれど、プレイの経験はなかった。

「アナクロだなあ」

それが、縢の正直な感想だった。

コンピュータを使った疑似体験でもなければ、ネットを通じた多人数プレイでもない。

だが、成る程、ある程度の納得もある。遊ぶのにマシンもソフトも使わない電源不要のゲームであれば、この透明なガラスを隔てたお互いの環境でもプレイすることはそれほど難しくはない。

当然、オンラインで繋がる必要もない。

隔離施設内では基本的に、個室内にいる人間同士の交流は禁じられているけれど――盤上のゲームであれば、こうして声のない言葉のやり取りで証拠を残さすにプレイすることが可能だ。勿論、廊下を歩く職員に気付かれては元も子もないので、細心、注意しながらのやり取りにはなるだろうが。

(面白そうだ。面倒だけど、それは向こうも同じだもンな)

お互いの頭の中で、ゲーム。

想像の中に盤面を置いて、相手と自分の動きを絶えず把握しながら、自分の駒を動かすだけでいい。やり取りは昼だけ。盤面の何処に駒を移動させたのかを伝えて、それをお互いに繰り返す蓄積でゲームが進んでいく。

「選べるゲームは多くないけど、チェスと将棋、きみはどちらを遊びたい?」

「なんでも。そっちの好きな方で」どちらも経験がない以上、膝には選べない。

「それじゃあきみがあんまりに不利になるよ」

「ふざけんな」

確かに、盤面を使うゲームには慣れていない。初心者だ。

それでも、手短ではあってもルールはもう少年から聞かされた。駒の動かし方も。ひどく単純なゲームだから、頭の中にすっかり入っている。頭の回転はそれほど悪くないほうだし、対戦ゲームに付きものの駆け引きには一応は慣れている。一年半以上のブランクはあっても、施設に入る前には大人顔負けのゲーマーとしてネット上ではそれなりに鳴らして、グレーゾーンのゲーム・コミュニティに入り込んでは禁止表現のたっぷり搭載されたゲームで何人ものゲーマーを打ち倒してきた。

こんな子供を相手に、時代遅れのアナクロな盤上ゲーム如きで負ける訳がない。

「それじゃあ、チェスにしよう。きみは白をどうぞ」

「白って、先行だろ。初心者と思って俺を舐めんなよ」

「いいの？」

「二度も言わせんな。昏読むの、面倒なんだ」

「それじゃあ、遠慮なくこちらが白だ。行くよ――3ｅポーン、4ｅへ移動」

膝の完敗だった。

有り体に言えば、そういうことになる。

それでもかなり喰らい付いたという実感はあった。これは勝てないと悟ってからも終盤は粘りに粘ったし、二度はこちらからもチェックメイトを狙いもした。それでも所詮は初心者の破れかぶれ、あえなく躱されて、見事にクイーンを喰われた。

「だから言ったのに、白をどうぞって」

「先攻後攻の違いでどうにかなるもんかよ、これが」

「なるよ。きみは、ゲームが強いみたいだ。先手の強さはすぐわかる」

「……嘘つけ」

「嘘は、つかないよ」

そう言って、少年は笑う。

男のくせに人懐っこい顔をする奴だった。

「次をやろう。まだ、職員たちはこっちへは来ないから、もう一戦できる」

「よし。それじゃあ、次は俺が白な」

「うん」

こうして、二人の関係は始まった。

職員たちの目を盗みながら、昼も夜も、チェスに耽った。飽きたと思ったら将棋に切り替えて、ゲームを続けた。この一週間で何度プレイしたのかを縢は数えていなかったものの、六日目の夜中に少年がぽつりと口にした限りでは軽く二〇〇を超えていた。考えてみれば、この一週間というもの、愛用であるはずの携帯ゲーム機に一度も触っていない。

仲良くなった――

そう一言で片付けるのは簡単だろうが、縢としては納得いかない。あくまで相手の挑発に乗って、自分の強さを示そうと応えた結果として、この少年が予想外に強かったのでずるずるとゲームを続けているだけに過ぎない。

明らかに、少年はこの手のゲームに慣れているようだった。

籐のほうは不慣れ、初心者。単純に経験がない。それに何より、すべて頭の中で行わなければいけないのが面倒だった。どこかにメモでも取れれば思考が整理できるだろうと思いはすれど、証拠を残す訳にもいかない。数日に一度の立入検査でメモを見付けられてしまわれたらすべておしまいだ。ただ、二〇〇戦以上を経た今となっては不慣れを言い訳にもできないなという実感はあって、だからこそ、籐としてはやめられない。

それなりに勝てるようにはなってきた。

でも、それなりだ。

一週間を経ても、未だに達成できていないものがある。

それに気付いたのは、六日目の夜のこと。

「そういえば、カガリ。きみはあんまり笑わないんだね」

将棋の勝負を終えた後。

少年が、微笑みながらそう言った時に気付いた。

そういえば確かに、そうかも知れない。

そもそも、だ。

この隔離更正施設に来てから、笑ったことなんてあっただろうか。親から送られた電子書籍用の漫画のデータを読んで「おもしれえ」「くだらねえ」と声を出すことはあったかも知れないが、笑ったかどうかと言われれば自信がない。

「連勝……」

「うん？」

「お前に二連勝したら、その時は笑ってやるよ」

連勝——

単発で勝つことはちらほら増えてきてはいて、自分が腕を上げているという自負もあるし、達成感もそれなりには得ている。だが。連勝は、一度も達成していない。一度勝ってもすぐに負けるようでは、どうにもまぐれ勝ちしか拾えていないような気にもなる。

だから、二度続けて勝てたら、或いは。

笑えるかも知れない。

あんなに自信満々だったお前に、ほら、きちんと勝ってやったぜ。と。

4

誕生日から七日目の朝。

会ってから七日目の朝。

少年が口にした「話」は、珍しく、チェスや将棋以外のことだった。

この一週間で随分と読み取るのに慣れた、少年の唇の動き。声のない言葉。

アリスがどうとか。

地下がどうとか。

兎。赤の女王。

何を言ってるのかさっぱり分からない。

やっとゲームという言葉が紡がれたかと思いきや、次に少年はこう言った。

「僕も同じだよ。これから、命がけのゲームをするんだ」


最初——

言葉の意味がよく分からなかった。

命。ゲーム。単語ふたつが結びつくという前提が滕の頭の中にはなかったから、理解するのに二秒以上の時間が掛かった。頭の回転は早いほうと自負していても、流石に、そういう奇妙な組み合わせを咄嗟に把握するのには時間を要する。

「何言ってんだ、お前」

「きみとのチェスや将棋も楽しかったけど」

「待てよ」

「そろそろいいかなって。連絡もあった。だから、最後のゲームをすることにした」

「待てって」

何だ、連絡って？

こちらの「話」は届いているはずなのに、無反応。

少年はいつものように薄く微笑んで、それきり喋らなくなってしまった。こちらが何を言っても反応を返さないどころか、視線を向けても来ない。まるきりの無視だ。腹が立って強化ガラスを叩いてやろうかとも思ったものの、そんなことをすればたちまち職員が駆け付けて、投薬処置なりが待っている。連中の気分次第では、抑え付けられた挙げ句に拘束具を着せられることもある。

だから、ただ、不満の視線を送るしかない。

ちらりと顔がこちらを向いたかな、と感じた時に唇を動かして。

「おい」

呼び掛けてみる。声なく。

それでも、少年はこちらを見ようとしない。

気のせいか、五度目の呼びかけの時、何かの表情を浮かべているように見えた。一瞬で消えたからよく分からない。微笑む顔じゃなかったし、苛ついたり、怒ったりするような顔でもなかった。それでも何かの表情ではあって。

（泣いてんのか？）

まさか。泣く理由なんて見当たらない。

突然、訳の分からないことを言って無視をしてきたのはあっちの方だ。

それに、涙は見当たらなかった。

(何なんだよ。訳わかんね)

ベッドに寝転がって、嫌がらせ代わりにじろりと視線を突き付け続けてみる。

これまでの数日間通りなら、もう三、四戦が終わっている時間なのに。あれこれ言ってこちらを無視するのは、もしかして連敗するのを恐れてのことなのだろうか。それならある程度の納得もできる。昨晩の「話」を気にしているとか？

「なあ、お前さ」

もう一度だけ、声なく言葉を掛けてみる。

見ていないのだから、気付くはずもないけれど。

と――


「きみとの最後のゲームだ。ここから、出る」

こちらを見てはいない。

だから、返答したのかどうかは分からない。でも確かに、少年は唇を動かしていた。

それから、前のめりに倒れ込む。

(何だ?)

ここから出る。そう言った。

脱走——

有り得ない二文字が脳裏に浮かぶ。そんな莫迦なことがあるか。それを試みる奴も年に何度かはいるけれど、成功した奴なんてひとりもいない。あっという間に露見して何事もなかったように連れ戻される。普段より多く投薬されて、それ以前よりも見るからに頭のネジが緩んだ感じになって、大人しくなったり暴れやすくなったり。運悪く犯罪係数が三〇〇を超えてしまえば、投薬がない代わりに殺処分。最終的な結果には個人差があれど、総合的に見れば同じだ。成功なんかしない。

「おい」

声が、僅かに出ていた。

職員の質問の類に返答する以外では、この一週間で初めて出た声だった。

返答はない。聞こえているかどうかも分からない。

少年は倒れ込んだまま、ぴくりとも動かない。

演技。そのはずだ。倒れたフリをして部屋からメディカルルームへ出る、とか、その手のことを考えているのだろう。そんなもの、真っ白な部屋のあちこちに仕込まれた各種のスキャナに見抜かれておしまいだ。

ややあって、施設職員の男女がやって来る。いつもの朝の定期検診なり見回りとは違う、やや慌てた響きの足音の群れ。強化ガラス製の扉を開けると、倒れた少年を抱え起こして何かを試みている。

「たす……け、て……」

声、だった。

初めて籐が耳にする「むこうの部屋」の少年の声。

高いトーン。少女のそれのような気もする。よく判別できない。

呆然と見ていると、職員が少年の白い服を捲り上げて、露わになった白い肌に何かの機械を向ける。健康管理系のスキャナの類だろう。部屋のスキャナだけで演技と見抜けなかったのだろうか。ともかく、これで終わりのはずだ。

投薬の後も、ゲームができる程度には少年が脳みそを維持できていればいいが。

自分の部屋の強化ガラス越しに見つめながら、籐はぼんやりとそう思う。

起こってしまったものは仕方ない。だから、せめてさっさと終わってくれ。

けれど――

「駄目だ。メディカルルームへ運ぶ」

「了解。ドクターを呼びます」

信じられない言葉が聞こえてきた。

思わず「は?」と大声を出しそうになっていた。

少年の小さな体は大人の職員たちに抱えられて、あっという間に廊下の果てへ消えて行ってしまう。言葉の通り、確かにあの方向には施設備え付けの全自動メディカルルームがあるはずだ。適切なオペレーターさえいるなら、その気になれば本格的な手術が可能という代物。以前、犯罪係数が三〇〇寸前まで上がりきって自傷行為に走った収容者が、暫く後にはけろりとした顔でメディカルルームから自室へ戻されたのを見たことがある。

(嘘だろ)

一体、どうやったのか。

もしかしたら、人体に有害な異物なりを事前に用意していて、倒れ込んだ瞬間にそれを飲み込んだのかも知れない。「こちらの部屋」も「むこうの部屋」も常に監視されている状態なのに。訳が分からない。それとも、本当に少年は持病か何かを持っていて、偶然にもそれが発症した、とか。助けてと言った声は震えていた。本当に、あれは、助けを求めて絞り出された声なのかも知れない。

(……いや、いや。ンなわけあるか)

冷静になれ。

そう、自分に言い聞かせる。

少年は、最後のゲーム、と口にしていたのだから。

ならばこれは正真正銘のゲームであるに違いない。

嘘は言わない。

それは、この七日間で縢が知り得た少年についての特徴のひとつだった。


一〇分と経たずに――

少年の行動は大きな騒ぎとなって施設内を駆け巡っていた。

メディカルルームから、少年は忽然と姿を消してしまったのだとか。

こんなにも賑やかな施設を見る、いいや、耳にするのは、縢にとっての一年半では初めてのことではあって、落ち着いてベッドへ横になるとか久しぶりに携帯ゲーム機を手にするつもりには到底なれなかった。

忙しく職員たちが廊下を行き交って、興奮した収容者たちが騒ぎ出す。数人の収容者が何かをきっかけに騒ぐ程度はこれまでにもあって、その都度、すぐに職員たちが投薬による沈静なり物理的な鎮圧なりを行ってはいた。今回は訳が違う。騒ぐ収容者たちには目もくれず、職員連中はあちこち忙しそうにしている。いくつかの個室で自動鎮圧システム――各個室に設置された機器が鎮静ガスを断続的に噴射する――が作動するのに任せきりの状態だ。「こちらの部屋」から見える僅かな範囲でも様子は観測できた。

何より、目の前に「むこうの部屋」があるのだから。

朦の文字通り目前、強化ガラス越しの少年のいた部屋では、何かの証拠なり行方の手掛かりがないものかと見るからに慌てながら探っている施設職員が数名。いつも「来年の誕生日にはきっとお家へ戻れますからね」しか言わない、白衣の女もいる。

「一体どこに」「有り得ません脱走なんて」「外部とのやり取り」「誰も気が付かなかったなんて」「職員側に内通者が」「どこに逃げるっていうんだ」「隔壁が」「所内のスキャナに引っ掛からないんですよ」「何でもいいから手掛かりを探せ！　もう一〇分経つ！」

口々に、焦りと内部情報とを大声で。

いつもの自分と少年とのゲームを見習うべきだ、と朦は思いかけて。

（……ゲーム、か）

最後の言葉を思い出す。

きみとの最後のゲームだ。

確かに。

あの少年は、朦に向けてそう言っていた。

目の前で滑稽なほどに慌てた素振りを見せる職員たちを無感情に眺めつつ、朦は幾つかのことを思う。このまま、黙って見ているべきだろうか。この様子なら、あいつはうまく逃げ切ってみせるのかも知れない。

そうなれば、どうなる？

また、自分はひとりきり。

一週間前の暮らしが戻ってくる。それも悪くない。

けれど。

少年は言った。ゲームだ、と。きみとのゲーム。

「……地下」

ぽつり。

縢は小さく呟く。

自分でも、何故、口にしたのかは分からない。

ただ、こうも思った。挑戦されたからにはきちんと受けてやらないと。不戦勝を莫迦正直に喜ぶような人間とは、あいつは違うだろうから。

「え？　縢くん、あなた、何か言ったかしら――」

白衣の女が振り返る。いつも余裕綽々の顔をしているのに、今は、妙に顔色が悪い。青を通り超して、白い。この部屋と同じ。真っ白だ。

溜息まじりに縢は返答する。

こんなもの。今までの二〇〇戦以上の中で、一番、簡単だ。

「地下を逃げてるんだよ、あいつは」

5

朦秀星はゲームに勝った。

少年は、この隔離更正施設が建つより以前に存在していたという地図や見取り図には記載されていない地下道へと潜み、敷地外へと逃げようとしていたところを敢えなく職員たちに捕まったのだとか。

そんなことを職員同士が話している声が、遠くに聞こえてきて――

終わってみれば、大したことのない話だった。

何かの理由でメディカルルームが無人になった隙に、とか。

ひとりくらいは職員がいたのを子供の腕力でどうやってか無力化して、とか。

ともかく、メディカルルームに設置されたカメラの死角にある天井近くの通気口を開いた少年はそこへするりと入り、あちこち移動してから地下へと降りて、そのまま走っていけば良かったものを、一気に逃げ出す機会を覗っていたのか外部の協力者との合流予定でもあったのか、何故だかその場に留まっていたらしい。

油断か、それとも本当に誰かと合流しようとでもしたのか。

何であれ――

勝ってやった。

あいつの望み通りに、最後のゲームとやらに縢は勝った。

廊下を挟んだ「むこうの部屋」に戻ってきたら、何を言ってやろう。

チェスや将棋に比べれば、随分と簡単だった。お粗末でさえある。回答をああまで堂々と口にしておきながら、逃げ切れると思ったのならあまりに莫迦にしている。

せいぜい勝ち誇ってやるとしよう。

それから、今度こそ、チェスでの再戦だ。

一ゲーム目で勝利できれば、こちらの初の連勝。存分に笑顔を見せてやる。

そう、考えていたけれど。

一日が過ぎても、二日が過ぎても、少年は帰って来なかった。


「そっちの部屋のあいつは、どこ行ったの。死んだの」

「あら……」

数日後。

定期検診だか何だかにやって来た白衣の女に、縢は尋ねてみた。

廊下を挟んだ「むこうの部屋」にいて、脱走しようとしたあいつ。あの少年。

華奢で、おかっぱの髪の、いつも微笑んでいるようで、手加減せずにチェスや将棋は勝ってみせる癖に、とってもおきと思しいゲームで莫迦をやった少年。
脱走者への投薬の結果が芳しくなくて、別の部屋にでも移されたのか。
それとも別の理由でもあるのか。
先日には真っ白な顔をしていた女は、余裕綽々の顔でこう返してきた。
「誰も、いないわよ。
そこはずっと空き部屋のままでしょう?」

クソじみた言葉だった。
つまらない冗談だった。

——だから、縢は笑わなかった。

< 00 2113.02.05

< 01 2097.12.10

< 02 2110.10.13

< 03 no data

< 04 no data

< 05 no data

< 06 no data

1

視界の景色が、背後へと高速で流れて行く。

公安局付けの公務車輌の助手席から、縢《かがり》秀星《しゅうせい》は外の風景をぼんやりと眺めていた。超高層ビルディングの姿が目に見えて増えていくのは、車輌が都内中心部へと近付いているからだろう。

意外なものを目にしている。

そういう実感はあった。まさか、生きて施設の外を目にすることがあるとは、少なくともここ数年は思うこともなかったのだから。それも、一時的な例外措置による外出云々ではなく、施設からの出所、とは。

『潜在犯にも就ける仕事はあるんですよ』

五年ほど前。一四歳の頃に聞いた言葉を思い出す。

不必要なまでに親しげな表情、意味もなくニヤついた表情を浮かべた中年男のカウンセラーが言ったのだ。よく覚えている。カウンセラー連中の与太話の中で一番腹が立った内容だったから。

『代表的なものが執行官です。健康な市民を守るための大事な仕事です』

実験動物扱いの自分たちが、潜在犯が、身を盾にして「健康な市民」さまを守る。

冗談にしてはよくできている話だった。

成る程、こんな施設の片隅で薬漬けになった実験動物なら捨て駒に使うぐらいが丁度いいって訳か。瞬間的に激昂したのを覚えている。デスクを飛び越えて、カウンセラーが持っていた電子カルテを奪い取って襲い掛かった。ボードを叩き付けて鼻骨を折ってやった感触は、流石に今となっては遠い記憶ではあるものの。

(なるつもりもなかったし……)

なれるとも思わなかった。

それでも、自分はこうして監視付きではあっても外に出られる身分になった。

今日はまさしく、その身分とやらが正式に自分へもたらされる日だ。

すなわち――

「縢執行官。到着し次第、お前には直ちに職務に付いて貰う」

運転席に座る、やたら整った顔立ちに眼鏡なんて古臭い《アナクロな》モノを掛けた男が言った。視力矯正なんてものは外科手術でどうにでもなる時代に、わざわざ何をしているのか。ファッションだろうか?

「あいよ、ギノさん」

「言葉遣いには気を付けろよ、執行官」

「了解。監視官殿」

執行官。そうだ。

――厚生省公安局刑事課一係所属、執行官。縢秀星。

犯罪係数が規定値を超えた人格破綻者――潜在犯が、本来ならば隔離されるべきところを、ただひとつ許可された「社会活動」として、同じ犯罪者を駆り立てる役目を与えられたもの。

猟犬。獣を狩るための獣。

それが、縢の新しい身分。職、だ。

事前にこの眼鏡男――監視官・宜野座《ぎのざ》とは何度か話していたし、自分と同類であるという執行官の連中と仕事をすることにも特に気負う所はなかったので、緊張感もなく、ただ公務車輛に揺られながら景色を眺め、縢はこの二ヶ月間を思う。

八王子矯正施設、健精館を出てからの二ヶ月。

十年以上も閉じ込められていたあの場所、隔離施設。シビュラの判定による適性がどうとかで公安局の執行官に選出され、この眼鏡男と分厚い強化ガラス越しに面談を行って、何度か頷いて了解を示してからはとんとん拍子だった。二度と開くはずのない絶対の城門は呆気ないほど簡単に開かれて、滕は施設を退所した。目にした職員たちのほぼ全員が「そんなまさか」とでも言うかのような間抜けな顔をしていた。お世辞にも素行が良いとは言えない収容者だった滕が、まさか、大手を振って施設から出て行くとは誰も思わなかったのだろう。滕自身、思ってもいなかった。

それから後の、合計六十日間に及ぶ訓練。無論、執行官として活動するために必要なあれこれを頭脳と身体とに叩き込むための訓練だ。

それなりにハードではあったが、所詮はそれなりだ。

最初の十日はそこそこ楽しめたものの、残りの五十日は些か退屈に感じた。七歳の時、数日だけやったあのゲームのほうが幾らかマシに感じられる程度。隔離施設という閉鎖環境の中で、半ば意図的に自分自身を鍛え続けてきた滕にとっては、今更、何を訓練することもないと感じる程だった。

(楽しい職場、ってのだと嬉しいんだけど。そうも行かないかね)

漠然と思考していると、見るからに背の高い超高層建築の前で車輌が停止した。

手首に填めた——自分の意思で外すことはできないのだから、正確には、填められた、と言うべきだろうが——デバイスで地図情報を確認するまでもない。助手席のドアを開き、アスファルトを踏み締めながら縢は超高層のそれを見上げる。

地上六〇階、公安局本部ビル。

ここが、今日から自分の職場となる場所だ。

2

公安局本部ビル内部、刑事課一係のオフィスへと入る。

暗い印象の部屋だった。

無機質に並ぶ事務机とディスプレイ群はいかにもお役所じみていて、特徴的なものと言えばぐるぐると回っている大型の三連換気扇《ファン》ぐらいのものか。

宜野座に連れられる形で部屋へ入った縢を出迎えたのは、三名の執行官だった。

「征陸智已《まさおかともみ》だ。よろしく頼む」

一人目。壮年の男。自分の親ぐらいの年齢だろう。

穏やかな表情はこちらを安心させるようでいて、修羅場を知っているだろう剣呑な空気も同時に持ち合わせている。重心がやや左寄りなのは、成る程、左腕が機械製の義腕であるせいか。あれに殴られたり締め上げられるのはかなりきつそうだ。

敵対すると厄介そうな相手だ。要注意か。

「こっちは六合塚弥生《くにづかやよい》。俺と同じ執行官だ」

征陸が示したのは、二人目。若い女だ。

鋭い瞳で縢を一瞥しただけで、他には特に言葉もない。何とも無愛想。

如何にも殻で自分を覆ったように感じられるのは、鎧のように着込んだスーツから得た印象だけではない。似たような人間を隔離施設で嫌というほど目にしたせいか、窓越しではあっても。人間観察の経験を今更感じる。この女は、征陸よりは扱い易いだろうか。

「それで、こいつが」

「狡噛《こうがみ》だ」

征陸の言葉を継ぐようにして僅かに名を告げたのが、三人目の男——

こいつだ、と縢は自然と見当を付ける。

一番厄介なのはこの男だ。自分以外の執行官についての詳細な情報は先の二名についても与えられていなかったが、特に勘が働いた。この男。何だ？

この男の周囲だけ、張り詰めた空気があった。余裕がないのとは違う。張り詰めているのだ。もしくは、空気が、研ぎ澄まされている。獲物を狙う、飢えた獣の気配、とか。

(何だ、こいつ)

この男。狡噛。他の二名と同じく、所詮こうして縢が感じているのはただの印象、一見しての所感に過ぎない。そこそこ事実と合致していることもあるかも知れないが、深い部分までは流石に分からない。

それでも。要注意の上に要注意、と分類は済ませておく。

「滕秀星。新入りの執行官ッス」

さて。何を言おうか。

気の利いたジョークのひとつでも飛ばしてみるか、しかし反応しそうなのは征陸ぐらいのものだろう。なら、やめておくか。直ちに職務と言われたぐらいだし、やるべきことが用意されているのなら距離感なんてものはどうにでもなる。

と。思った矢先、宜野座が腕のデバイスを操作する仕草。

執行官のものとは違う監視官用デバイス。

『言われてた偽装、完了したわよ。いつでもゲーム開始できるけど？』

女の声がした。

わざわざこちらに聞こえるということは、音声モードの指向性を弄ったか。

ということはつまり、ゲームとやらが——

「仕事だ。自己紹介はもういい」

宜野座が言った。

へーい、と滕は頷いてみせる。

総合分析室。公安局内の執行官隔離区画にその部屋はあった。

分析室と言うだけあって、一係オフィスよりも高性能なコンピュータが設置されているのが分かる。大型のマルチパネルディスプレイ等も、専門知識のない人間には無用の長物に過ぎないが、この部屋の主には必要なものなのだろう。

「その子が件の新人クン?」

部屋の主が、椅子に座ったままこちらへ視線を向けてくる。

思わず。縢は口笛を吹きそうになる。いい女だった。ぱっと見ただけで肢体の見事さが覗える真紅のツーピースと白衣のミスマッチが妙に似合う。鮮やかな金髪。まさか外国人と言う訳ではあるまいし、髪は染めているのか。

「唐之杜《からのもり》志恩《しおん》、ここの分析官よ。よろしくね」

「うす。縢秀星ッス」

宜野座や他の執行官たちの横から顔を出して、一応、頭を下げておく。

監視官一名と執行官四名。わざわざ一係の全員で雁首揃えて分析室を訪れたからには、そうする理由があるのだろう。ブリーフィングとか。親切に教えてくれるような雰囲気でもないので、縢はそう見当を付ける。

正解だった。

途中参加の形となる縢が分かるようにという配慮なのか、幾分か説明的な調子で唐之杜は「事態」を解説してくれた。内心で、唐之杜に対する心象を修正する。少なくともぱっと見はいい女な上に、察する頭のある女だ。敵には回すまい。

唐之杜曰く――

「十代後半から二十代後半の若年層を中心に人気のオンライン・ゲーム『リンドヴルム』の内部で、過激な表現……要は、人体損壊などの残虐表現を禁止域にまで多用してる、違法改造の地下《アングラ》サーバが存在していて、プレイヤーの間で色相悪化の被害が広がっている。このままだと、オンライン・ゲームを介したサイコハザードが発生しかねない。これは以前に話した通りのことね。

で、あたしは地下サーバ領域へアクセスするための偽装を行っていた訳だけど」

丁度、完了したの。

そう言って、唐之杜はコンソールのガラス面に表示された端末用キーボードを操作。

マルチパネルディスプレイにゲーム画面が浮かぶ。高精細グラフィックで構成された、煉瓦作りの薄暗い地下迷宮《ダンジョン》だ。写真よりも本物らしく三次元構築された世界への入口、と言う訳だ。小音量ではあるものの、メインテーマらしき音楽まで流れてくる。

「へえー。一係ってゲームする部署なんすか？」

「違う。何をするかは更正施設の面会室で何度も説明したし、お前は六十日間の訓練プログラムを修了している上に、今回の事件についても概要は送信してあった筈だが？」

すぱり。

そんな音が聞こえてきそうな程に、宜野座が切って捨てる。

「冗談ッスよ……分かんないかな」溜息を吐きつつ項垂れる。

「続けていいかしら？」

「頼む」唐之杜の質問に頷く宜野座。

唐之杜は「事件」を更に軽く説明してくれた。

形のいい唇に引かれたルージュに意識を奪われないようにしつつ、縢は話を聞く。

そもそもの『リンドヴルム』の概要は、オンラインのVR空間内で行われるサバイバル型のファンタジー・アクションゲーム。自分が中世ヨーロッパじみた「冒険者」となって、暗闇の地下迷宮を探検・捜索・怪物との殺し合い等々を行うものらしい。

件の改造ゲーム・プログラムは、オンラインで「ゲームマスター」と呼ばれるコア・プレイヤーがリアルタイム入力によって生の反応を返し、参加したプレイヤーに臨場感を伴うゲームを提供することを売りにしているのだとか。

「ゲームマスター、つまり、このゲームを運営している犯人だけど、クラッカーとしてはそれなりの腕ね。こちらがアクセス元を辿ろうとすると、見事に対処して尻尾を掴ませてくれやしない。悔しいけど、これまでに二度も失敗しているわ」

「お手上げって訳ッスか」

「いいえ、まさか。少しの間、ゲームに引き付けておけばいいの」

「あ、成る程」

引き付ける。

その一言だけで縢は概ね理解できた。

犯人の手を塞いでやる訳か。

「他のプレイヤーたちが参加している間は、犯人はゲームマスターとしてマンツーマンでの応対を余儀なくされる。その間であれば、自動稼働するプログラム以上の手は使って来ない。唐之杜、そうだな」宜野座が眼鏡を押し上げながら解説する。

「そういうこと。プレイ応対の隙を突けば、ネットを辿って犯人の居場所を突き止められるって訳。後は、公安局からのアクセスと露呈せずにプレイヤー参加するための偽装を用意するだけ――」

「そして偽装は完了した、か」狡噛が言葉を繋ぐ。

「質問いいっすか」

手を挙げながら、縢は口を開く。

大体の所は把握したが、ひとつ、引っ掛かることがあった。

「んなの、他の奴がプレイヤー参加してる間に辿ればいいんじゃねーっスか」

「ゲームの接続状況をうまいこと隠してるのよ、こいつ」

「へえ。そりゃ随分と優秀なクラッカーだ」

「悪質な人格破綻者だ」

宜野座が言い捨てながら、人員の配置を指示し始める。

唐之杜は当然、犯人の居場所と思しきサーバ位置を解析。

狡噛と征陸は宜野座と共に、解析した地点へ速やかに移動して犯人確保。

滕は、六合塚と共に待機。

「そんじゃ、ゲームは俺たちがやるんで？」

「いいや、違う。お前たち執行官はプロフィール非公開状態のアバターでネットにアクセスすることを許されていない」

「そういや、そっか。でもギノさんは犯人確保に向かうんだろ？」

「言葉遣いに気を付けろと言ったぞ、滕。ゲーム・プレイについては、緊急措置として二係の青柳《あおやなぎ》監視官に依頼してある」

二係の監視官に、偽装したアカウントでゲームに参加して貰うらしい。サイコハザードの可能性があるとはいえ事件規模から考えると合同捜査は大がかりに過ぎるものの、何せ、一係には監視官が足りないための緊急措置なのだとか。

「青柳ってどんな人っすか」そう、滕がぼそりと口にしてみると。

「切れる女さ。監視官にしちゃ勘もいい」

征陸が答えてくれた。曰く、青柳璃彩《りさ》女史は「ゲーム、こう見えて結構得意なのよ」と快諾していた模様。一係の監視官殿に比べると付き合いやすそうだ、と思いながら視線を巡らせると、宜野座が無言でこちらを睨んでいた。

これは配属初日で早々に悪い方に目を付けられただろうか。

それとも。睨まれているのは、征陸の方か？

3

ゲーム『リンドヴルム』の開始――

サーバ位置解析、そして、速やかな宜野座たちの出動。

すべてが見事に、流れるようにして行われていく。こういうのを何と呼ぶのかは知識としては知っている。連携とか、チームワーク、とかいう奴だ。隔離施設の職員たちはお世辞にも上手い方ではなかったのだなと縢は今更に思いながら、小さく口笛を吹く。

（やるじゃん）

内心の喝采と感嘆。

それを僅かな音の形にして、猟犬たちと、それを操る眼鏡の監視官へ。

同時に、ディスプレイ越しに怪物《モンスター》なり仕掛け罠《トラップ》なりを操ってみせている犯人に対しても。

既に公安局に居場所が割れたことは察知しているだろうに、ゲームが続いているということは、ゲームマスターとしての役割を放棄していないという事実に他ならない。

逃げ出していないのだ。公安局からは逃げられないと観念したのか、ゲームを放棄しないという意思の顕れか。どちらにせよ度胸があるのは確かだろう。

と——

「……死にそうですね」

六合塚がぽつりと呟く。

見れば、総合分析室の大型ディスプレイの向こうで、青柳女史の操る西洋鎧を着込んだ女性型のプレイヤー・アバターは、小柄な鬼じみたモンスターに傷付けられて息も絶え絶えになっている。

女史の分身たる女騎士。

それは、勇敢さの塊ではあった。

敵を前にしても決して逃げ出そうとしない。不利であっても。つい先刻も、迷宮の天井部分に頭が擦れているほど、全高四メートル近い体躯を誇る巨人に対して一歩も退かずに剣を振り回していたのだから、紛う事なき勇敢さに溢れている。度胸もある。

ただ、腕はいまひとつ。

この手のゲームに不慣れであるのが一目で見て取れる。

「得意なんじゃなかったかしら、青柳監視官？」

「ＴＰＳとかＦＰＳは苦手で……」

公安局仕様のＶＲゴーグルとグローブを装着した青柳女史が、唐之杜の言葉を受けて小さく呻く。ゴーグルで覆われていない口元に見える表情は真剣なものだが、見るからに苦境であるのが覗える。汗の筋が、形の良い顎を伝っている。

如何にもキャリア・ウーマンといった流麗の女性である青柳監視官。そんな彼女がこうも真面目にＶＲゲームに挑んでいるという様子は、何かこう、フェティッシュなものを思わなくもない。内心で鷹揚に頷く滕である。

「それに、何て言うかこれ、臨場感がありすぎるのよ。モンスターの息遣いまで見事に再現してるんだもの。湿度まで感じそうなくらい。隣に貴方たちがいなかったら、怖くて悲鳴上げてるわ」

「まーた、新人クンがいるからって可愛い子ぶっちゃって」

「そんなのじゃないわよ。これ、怖いんだってば」

青柳女史の不満も分からなくはない。

確かに、このゲームは異様なほどに精細に造り込まれている。

迷宮の壁や床は不気味に湿り気を帯びているし、プレイヤー・アバターの荒く乱れた呼吸は息遣い及び白い息となって表現されて。繰り返し《ループ》前提の待機動作など一切なく、生の人間がそこにいるかのようだ。

切り裂かれたモンスターの断面、内臓の類がどくんどくんと脈打って、そのリズムに合わせて真紅の血液が噴き出すさまは、まさに現実のそれを思わせる。

視覚と聴覚と触覚への刺激で、如何にもうひとつの世界を再現できるか——

それを偏執的に追求した成果がこのサーバということなのだろう。『リンドヴルム』はそれ単体でもプレイ可能なゲームだが、専用サーバを購入して登録することで、ゲームマスター役の人間が自由に迷宮内部をデザインすることができる。無論、現在マルチプルディスプレイの向こうに広がっているそれは、ガイドラインを無視して危険域の表現を多用することで生み出された「違法の仮想世界」ではあるが、ここまで精緻に作り上げて貰えるのならば、『リンドヴルム』の製作者たちは喜ぶのではないだろうか？

そんなことを意識の片隅で思いつつ、籐は冷静に把握する。

青柳の呼吸。荒い。

まるで、画面内の女騎士の様子がフィードバックしているかのようだ。実際のところは逆なのだろうが——

（こりゃ、いかにも拙そうだ）

通常、ネット上のＶＲ空間は適度に戯画化されている。

コミュフィールドなどは代表的な例だろう。

リアルに過ぎる表現は、特にそれが暴力的・反社会的なものであれば規制の対象となる。この都市に生きる「健康な市民」の殆どは、こうもリアルで過酷なＶＲ体験には慣れていないのだ。

この分では、女騎士の命は長く保つまい。

プレイ開始からまだ一〇分も経っていないというのに。

このまま引きつけ続けておけば犯人確保は容易だろうが、ゲームが終わってしまえば廃棄区画あたりへ即座に逃亡を試みる可能性は高い。流石に霞ヶ関から品川の距離ともなれば、宜野座や狡噛、征陸たちがそれまでに間に合う可能性は低くなる。サーバの位置は品川あたりだが、湾岸地域にはスラムキューブがかなりの数存在しているから、宜野座たちに確保されるよりも早く逃走する筈だ。

「ああっ」

短く、悲鳴に近い声が青柳の唇から上がる。

色っぽい響きだと滕が思ってしまうのは仕方のないことだろう。

みるみるうちに、女騎士のヒットポイントを示すバーが短くなっていく。既に小鬼型のモンスターは倒したが、新たに現れたキメラ――ライオンをベースに、複数の獣を合成させたような怪物の攻撃を前に、女騎士の命は風前の灯火だった。

鎧の胸当てが引き剥がされて、大きめの胸が露わになる。

（おっ）

なかなか見事なモデリング。

そう興奮する暇もなく、防御力を失った胴部へと獣の爪が抉り込まれる。画面内の女騎士が息を吐くのとほぼ同時に、青柳もくぐもった声を漏らす。

限界だ。

もう、女騎士《アバター》は死ぬだろう――

そう滕が感じてから、それは始まった。

「うーわ。何これ、悪趣味」唐之杜が表情を曇らせる。

「……」六合塚が無言のまま同意のニュアンスを示す。

成る程。これがそうか。

滕は静かに納得する。

オンライン上でサイコハザードを引き起こしかねないという残虐表現そのものが、今まさにディスプレイ越しに繰り広げられていた。女騎士は腹を抉られ、惨たらしく内臓が飛び散る。それでも終わらない。絶叫し、四肢をばたつかせる女騎士の上にゆっくりとキメラの巨体がのし掛かって、牙を剥く。

ゆっくりと押し込まれていく牙。

ゆっくりと振るわれる爪。

無惨にも解体されていく、女騎士。

絶叫。絶叫。断末魔。

(うーわ、えっぐいねえ。グロっーかゴアじゃんよ)

膝は冷静に理解・把握する。これは、殺人《スナッフ》フィルムの一種だ。実際に死亡する被害者は存在しないが、プレイヤーが存在していることから、ある種の疑似体験をもたらすことができる。死の体験だ。

視覚、聴覚、触覚を通じたVR体験のもたらす擬似的な死。

体感する惨劇。

「く、ッ……」

汗まみれの青柳が、オフィス・チェアの上でびくりと身体を跳ねさせている。

痛覚を感じることはなくても、自分が解体されることを触覚のみで感じさせられるのは強烈な嫌悪であるに違いない——

「ああ、もうっ、嬲るくらいなら殺せ!」

青柳が叫ぶ。

瞬間、画面上の女騎士は首を飛ばされ、数メートルほど向こうに転がった。

プレイヤー・アバター死亡。ディスプレイに『GAME OVER』の表示が浮かぶ。

「死にました」六合塚が短く告げる。

「逃げられるかしらね、これは。現地組の現場到着まで、まだしばらく……」

唐之杜が言い掛けた刹那。

画面上に『HEAR COMES NEW CHALLENGER!!』のメッセージ表示が浮かんでいた。

「新規プレイヤーの参加？　へ、何これ？」

「あ、それ、俺」

さらり、と縢は言った。

予備に置いてあったＶＲグローブとゴーグルを装着しながら、ネット接続。慣れた手付きで、地下迷宮へと挑むためのプレイヤー・アバターを作成していく。性別は男性。身長と体重は自分と同程度。髪の色以外は自身に似せてアバターを作って投入していた青柳のやり方を踏襲しているのは、最後までゲームを放棄しなかった彼女への、ある種の畏敬を込めているためだ。

「代わりますよ。俺、ゲームは得意なんで」

「ちょ、あなた、執行官が偽名で……」

唐之杜の言う通り、執行官のネット接続には制限がある。偽名とは些か違って、正しくは、プロフィール非公開でのアバターを用いてコミュフィールドやオンライン・ゲームのようなＶＲ空間へ接続することは禁止行為となっている。

だが。別段、問題はない。

何故なら。

「公開済みの本アカっすよ」

新たに地下迷宮——ゲームフィールドに現れたプレイヤー・アバターの名前表示。

カガリ・シュウセイ。

「本名ですね」と六合塚。

「あらほんと」と唐之杜。

「どうせ、居場所を探ったことは露見してるし？　こいつ、もうとっくに腹なんて括ってますって。なら、ゲームしようぜって誘いには乗ってくるっしょ。ゲーマーなら」

縢の言葉に併せて、画面上のアバターが軽く腕を回す。

青柳の女騎士のような鋼鉄の鎧ではなく、動き易い革鎧《レザーアーマー》を着込んだ軽戦士。腰の短剣《ダガー》二本をするりと抜き放ちながら、画面側、すなわち唐之杜や六合塚、青柳のいる方向へと顔を向ける。

許可をくれ。

電子の迷宮に立った猟犬が、そう言っていた。

「……まあ、道理ではあるけど。青柳監視官、どうします？」と唐之杜。

「いいわ。許可します。私の仇、討ちなさいね新人君」

「あいよ、了解」

4

確か、七歳の誕生日の少し後だったか。

あの不思議な少年が姿を消してから、数日が経った後のことだった。

新型の、家庭用据置ゲーム機の購入申請が認められて。金なんかないけど、と思っていたものの、面会にも来ない親が払ってくれたらしかった。

流石に驚いた。

数日遅れのバースデー・プレゼント。

遅れたのは施設の手続き云々のせいなのか、両親が誕生日に気付くのが遅れたか。確かめる術はなかったし、確かめても特に意味はないだろうから気にはしなかった。ただ、金のアテもないのに申請した新型ゲーム機が届いた事実だけを受け入れた。

購入可能なソフトは限られていたものの、元々、ゲームは好きだったから、数年ぶりの楽しみに膝は耽り続けた。セラピーの合間に、カウンセリングの合間に、薬剤治療の合間に、ひたすらゲームに没頭した。

ゲームで暇を潰していた？

ゲームを楽しみと感じた？

どちらだろう。
明確に意識したことはなかったが、恐らくはどちらでもあった筈だ。
それからさらに年月がたって、西暦二一一〇年一〇月の現在。まさか、こんな風に、公安局本部でゲームをプレイすることになるとは思わなかったのが正直な感想。

しかも、今時――

「今時、ダンジョン攻略型のゲームって。古典過ぎだって」

地下迷宮を攻略するタイプのゲーム。世界設定はファンタジー。サード《T》・パーソン《P》・シューティング《S》に感覚は近いけれど、武器が剣や槍などの白兵武器だけというのがまた、アナクロに過ぎるという実感がある。

しかも随分とシビアというか意地の悪いゲームバランス。

精緻に造り込まれたVR空間内では、感じるはずのない「痛み」に対してプレイヤーは自然と警戒する。青柳女史が重い金属鎧を選択したのがいい例だ。それが、罠だ。本来の『リンドヴルム』のバランスかどうかは不明だが、少なくともこのサーバで設定されたゲームバランスでは、敵の攻撃を回避することが何よりも重要だ。

怪物や仕掛け罠によってダメージを追ったプレイヤー・アバターは、ヒットポイントにダメージを受けるだけでなく、傷によって動きを鈍らせる。ポーションの類の回復アイテムは殆ど出てこない上に、傷を癒やす魔法を扱えるキャラクターはヒットポイント・ゲージが低く直接戦闘には不慣れ。しかも、サーバ独自の設定でアバター同士でチームを――

ゲーム用語で言うところのパーティを組むことは不可能と来ている。

つまり、重戦士や魔法使い《マジックユーザー》をアバターに選ぶのは自殺行為。

自ずと、選択すべきスタイルは限られる。

「そんな軽装じゃ、すぐに死ぬと思うけれど」

六合塚の声が聞こえる。

これは無視。

「あ。あのちっさい緑色の奴、敵じゃない？」

「そいつ、意外と動きが速いから気を付けなさい。縢君」

唐之杜と青柳の声。

これは無視しない。

「ま、いっちょ遊んでやりますよ」

冷静に。そう、クールに行こう。

あの、名前も知らない少年がそうだったように。

ゲームはクールに進めるものだ。熱くなった方から負けていく。

緑色の肌をした小鬼《ゴブリン》三匹が、唸り声を上げながらこちらへ殺到してくるのを冷ややかに
観察しながら、VRグローブを操作。返り血で錆び付いた不衛生極まりない手斧の攻撃を

鮮やかに回避して、くるりとアバターの身体を真横に回転させながら、両手に握ったダガーで斬撃を急所に叩き込む。

（こちらは無傷。あちらは手傷、ってね）

そうだ。回避性能に優れた、敏捷《DEX》パラメーターの高い軽戦士。

これが、このゲームを攻略する際の正解選択肢のひとつ。

「奥から更に二匹、来ます」

「弓かしら。飛び道具持ってるわね、あいつら」

「飛び道具持ってる奴なんて初めてじゃない、気を付けて！」

端的に解説する六合塚。

冷静にコメントする唐之杜。

応援する青柳。

何とも、賑やかな職場だ。

（なんだかね。緊張感に満ち過ぎてるのもやり難いけどさ）

正確にアバターを操作しながら、敵を斬殺しながら、縢は内心でほっと息を吐く。

この感覚は悪くない。

ゲームをする。賑やかな観戦者が近くで囃す。

もう、長いこと——五歳の頃からずっと味わっていなかった感覚だった。誰かと一緒にゲームをしている、そういう感覚。

僅かに残っていた指の強《こわ》ばりが解けていく。

（ん……？）

リラックスしていく自分を、籐秀星は感じていた。

ってことは、俺、緊張してたのか？

まさかね。

5

地下迷宮を進む。

禁止域の表現を多用しているとの触れ込みだけあって、流石の臨場感だった。

VR空間であることを忘れそうになる程の高精細グラフィックに、VRゴーグルの特性を利用した立体的な音響効果。後は匂いさえ漂ってくれれば本物《リアル》の世界と何の違いもないように感じられてくる。

確かに、先刻の青柳女史の言葉の通りか。

リアルの自分の傍らに他の誰かがいる、という事実は重要かも知れない。

ひとりきりでこの迷宮へ挑んだとしたら、縢自身、錯覚を引き起こしかねない。こんな状態で質感たっぷりの臓物なりの恐怖体験を目の当たりにすれば、当然のようにサイコ＝パス色相は濁るだろう。今更、ゴア表現程度で自分がどうにかなるとも思えないが。

「第七層に到達したわね。しっかし、よく隠し扉なんて見付けられるもんね」

「まあ、癖を見付ければ後は簡単って寸法で。複数人員のチームで作ってるならともかく、これ、要はひとりの人間が作ったもンなら、そいつの癖がたっぷり反映されるって訳」

思わず敬語を忘れて、縢は唐之杜に返答する。

話しやすいのだろうか。相手がどうというより、場の雰囲気として。

この分だと、敬語の使用率は日を経るごとに下がって行きそうな気がする。宜野座であれば、普段のあれは敬語のうちには入らないと言いそうだけれど。

「へえ、面白いわね」

「面白いんスよ。だって、これ、ゲームなんだから」

「そういう意味じゃなくて……あ、来た来た。でっかい敵」

「巨人と同じくらいだけど、羽とツノがあるわね」と、妙に息を潜めながら青柳。

「グレーター・デーモンだそうです。名前、表示されてます」と、静かに六合塚。

地下第七層。

恐らくは、ここが迷宮の最下層。

七つの地獄、七つの叫び、七つの呪い、だのやたらと七を強調する碑文なりノン・プレイヤー・キャラクターなりのセリフから推察するに、この地下迷宮の構造は全七層であると思しい。ご丁寧に装備強化も七段階が最高《MAX》。そう言えばサーバ位置を隠蔽する処理も七段階だったわね、と唐之杜が呟くのを聞いた時には、そのあまりの徹底ぶりに縢は肩を竦めるしかなかった。

ゲーム・プレイから約三〇分が経過。

この短時間で最下層まで辿り着くことができたのは、幸運だった。

当然ながら実力もある。ゲームマスターの癖を読み取って、三階以降の奇数階には一階層ぶんを短縮して通過できる移動用ポータルがあると理解したのは縢の勘と経験の賜物だ。幸運だったのは、迷宮通路全体を攻撃する仕掛け罠《トラップ》、恐らくは一撃で致死ダメージを与える電撃を回避したことだ。

(あれはヤバかったな)

青柳女史が「随分長く、怪物も罠も出てこないわね」と独り言のような呟きを漏らさなければ、無警戒に進んで、罠に掛かるところだった。

それ以外は堅実に、そして正確に縢の操る軽戦士アバターは迷宮を進んでいった。

並み居る怪物たちを倒し、リアルタイムで投げ掛けられる謎掛け《リドル》やパズルを解きながら、迷宮の深部へと降りて――

「視聴者数、二万人を超えました」

「うっそ、何それ二万て……やだ、本当に超えてるじゃない。リアルタイムの放送なんでしょう、これって」

「ええ」

六合塚と唐之杜のやり取りが聞こえてくる。

そう。第三層に到達したあたりから、動画投稿サイトにこのゲームの様子を映し出すリアルタイム放送がアップされており、それがネット上でたちまち話題になって広がっているのだ。当然と言えば当然のこと。縢の操る軽戦士アバターのプロフィールには、堂々と「公安局所属」の文字が掲げられているのだから、公安局VS違法ゲームサーバ運営犯のカードであると一目見るだけで分かる。

ネット上の観客たちは、放送を直接見ていない人間を含めれば桁さえ変わるだろう。

「結構応援されてるわよ、縢君。がんばって！」

デバイスでSNSサービスを見ているらしい青柳の声。

「本当に？　応援されてるぅ？」

「ゲームマスターを応援してる人もいるけど、そんなに多くないわ。ネット界隈じゃ、だまし討ちみたいにグロ体験をさせる怪人ってことで悪評が立ってたみたい」

「じゃ、応援してる連中、リストアップしとこうかしら。後で役に立ちそう。どうせ色相、濁ってるでしょうし」

「それ、いい考えね」

ここにいる女三人、いずれも大した度胸の持ち主だ。衆人環視の下で無様に敗北すれば公安の面子は丸潰れで、許可した青柳女史も同意した唐之杜も何らかの処分は免れないだろうに、状況をそれなりに楽しんでいるかのような素振りがある。

（ま、逆に、クリアしちまえば面目躍如ってこともあるのかね）

いいプレイ環境だ。

あの手この手でこちらを殺しにかかるガチのゲームマスター。十二分前の扉にあったリドルなど、その手の電子書籍を暇潰しに読み込んでいる縢でなければ解けたとは思えない。解かせるための謎ではなくて、潰すための謎だ。解答を思い出すのがあと二秒遅ければ、氷付けになってアバターは死んでいた筈だ。

対して、大衆の声援。

美人揃いのチアガールたちもいる。

「……悪くないゲームじゃねえの、これって」

呟きながら。

縢は、自分の分身《アバター》を操って地下迷宮を進んで行く。

そして、迷宮最深部。

通常の通路よりも広い、ホールのような構造の広い空間だった。

英語の「G」をねじ曲げたようにも見える奇妙な模様が刻まれた、最後の扉がある。

その前に立ちはだかる門番が一体。

怪物だ。

竜《ドラゴン》だろうか。

全長五メートルほどの巨体を有した四つ足の獣。長い首。ボロボロになった傘のような黒い翼を羽ばたかせているけれど、飛翔する気配はない。それなりに大型の怪物ではあるが、そもそも広い場所なので、あまり大きさを感じさせない。

長剣にも等しいサイズの、ねじくれた鉤爪は実に禍々しい。

最後の怪物——

「さて。ここまで無敵の怪物はいなかったし、こいつも倒せる筈だけど」

ゲームマスターはこちらを殺しに掛かっている。それでも、不正はして来なかった。攻撃が通じない敵や、回避方法のない罠は存在していなかった。どれだけ装甲の硬い敵にも弱点はあったし、即死級の罠にも解除や回避の方法は存在した。実にフェアプレー精神に溢れた社会不適合者と言う訳だ。

だから、油断した。

これまでのやり方通りに、冷静を保ちながら観察を行うことで情報を得て、正確に対処すれば倒しきれるものだと滕は認識してしまった。ここに来て、緊張の糸が緩んだ。何が来てもおかしくないという前提を自ら崩しかけていた。

「……ッ！」

それでも。

咄嗟に、軽戦士を背後へ後退させる

強力な横薙ぎの一撃が空間を削り取るようにして繰り出されていた、と分かったのは胸部装甲が瞬時に剥ぎ取られていたからだ。先刻の、青柳が操っていた女騎士の最期の瞬間にどこか似て。

だが、異なる点がある。

敵がいない。

竜に似た獣は姿を消していたのだ——

『GRRRRRRRRR』

声はすれど、姿は見えず。

立体音響であるからには声の位置を探れるかとも思ったものの、ホール状の空間は見事なまでに怪物の唸り音を反響させる。正確な位置は探れない！

「バンダースナッチ……」

唐之杜が呟く。

透明化《インビジブル》の能力を発動させる前の獣に表示されていた名前だ。

籐には聞き覚えがあった。他のゲームに登場していた怪物か、もしくはその原典である本だとか、おとぎ話や伝説やらに何処かで触れていたのか。

確か、そう。特徴は——姿のない怪物。

「……おいおい、ここまで来て、そんなのありかよ」

回避型の軽戦士にとって最悪の敵だ。

この手合いには、鎧や盾の全力防御を行うことで前衛役が耐えながら、攻撃の瞬間に後衛役なり攻撃役なりが仕留めるというのが効率的な戦い方だろうか。パーティ戦が不可能なこのゲームであれば、一撃を耐えきってカウンターを放つ、ぐらいがせいぜい。ただしそれも、耐えられるだけの防御力があればの話。

機動力を以て攻撃回避を行うことに特化された軽戦士の鎧など、紙に等しい。

「……」

籐は軽く唇を噛む。

同時に、ＶＲゴーグル越しの視界が揺らぐ。攻撃を受けた。

死んだか、と思ったがまだだ。そう言えばこのゲームは、いいや、ゲームマスターは悪趣味なのだ。一撃死を与えられる状況を構築できたなら、後は、青柳の女騎士へとしてみせたように嬲ってくるのだろう。

姿のない怪物が襲ってくる。ヒットポイント・ゲージが減っていく。膝と同じ名を持つ軽戦士カガリ・シュウセイが傷付いていく。破れかぶれに反撃を試みるも、空振り。どうやら敵は高速で移動しながら攻撃を繰り出しているらしい。

不可視の鉤爪が軽戦士を引き裂いていく。

どうしようもない。

ただ、為すがままだ。

ただ、傷付いていく。

鮮血。鮮血。鮮血。四度目の攻撃で、切断された左腕が空中に舞った。

「死にそうね」唐之杜が呟く。

「死にますね」六合塚が頷く。

「そうね……」青柳が溜息を吐く。

油断した。

絶体絶命だ。

ここから逆転できる筈がない。

軽戦士が重傷を受ければ、最早、敏捷の高さという優位性さえ失われたに等しい。

恐らく、動画サイトやSNSではあれこれと言われている最中だろう。公安が社会不適合者に敗北した、と下手すればニュースサイトあたりは記事を作り始めたかも知れない。

それでも、縢は冷静だった。

慌てない。

恐れない。

随分と時間が掛かりはしたが、そろそろの頃合いなのだ。この都市を守るという猟犬たちとその主人とが、縢が予想した通りの優秀さを備えた存在であるのなら。


「――死なないっすよ」


そう、軽く言って口笛を吹く。

そして。

「この辺かなっと!」

適当に移動して、適当に攻撃モーションを行う。

残された右腕で短剣を振るう。

当たるはずがない。誰もがそう思っただろう。

けれど。レベル七にまで最大強化された軽戦士の短剣は――虚しくも宙を薙ぐばかりだったアバターの短剣は、不可視の敵を傷付けていた。肉を切り裂く生々しい効果音が響き、緑色の鮮血のエフェクトが視界に広がる。

ほぼ同時に、総合分析室へと通信越しの音声が届いていた。

『こちら宜野座。一五〇二、犯人確保』

宜野座の声だった。

「ほらね。死ななかったでしょ。そろそろ、ギノさんたちがこいつの本体を押さえる頃だろうと思ってたんスよ」

後は、簡単だった。

棒立ちになった姿のない怪物を倒して、囚われの姫を助け出す。

何の説明もなく始まった地下迷宮の冒険は、どうやら、怪物にさらわれたお姫さまを助け出すためのものだったらしい。そのまま違法VRポルノあたりに流せば高値が付きそうなほどに造り込まれた半裸の「お姫さま」を眺めながら、縢は大きく息を吐く。

折角だから胸でも触ってやろうかとも思ったが、エンディングロールに入ったゲームは既に入力を受け付けていなかった。

エンディングまでアナクロ。

まるで、二世紀前の家庭用ゲームだ。

ここまでこだわる犯人なら、そう、途中でゲームマスターであることを放棄して逃亡しなかったのも納得できる。芸術家とまでは言わないまでも、成る程、こだわる人間だ。残虐表現は確かに悪趣味ではあったが、端的に言って。

面白かった――

初仕事で、まさか、こんな風に面白いゲームが味わえるとは思わなかった。

「ゲームクリア、ってね」

呟いて、VRゴーグルを頭から取り外す。

随分と汗をかいていたらしい。頭も首回りもゴーグルの内側も、汗でひどく濡れていたことにやっと膝は気付いた。冷静を保つよう心がけていても、それなりに緊張はしていたようだ。

再度、大きく息を吐いて。

笑みを浮かべて、袖の裾で汗を拭う。

「あら。笑うと可愛いのね」

「へ？」

「似合ってるわよ。仏頂面よりずっといいから、あなたはそうしてなさいな」

お疲れさま、とタオルを手渡しながら唐之杜がそう言った。

そう言えば――
暫くぶりに、笑ったような気がする。

6

公安局局長
壬生　壌宗　殿

公安局刑事課一係監視官
宜野座　伸元　印

捜査報告書

二一一〇年一〇月一〇日（金）に状況が確認された、ネット不正利用、ソフト不正改造、不正サーバ利用、人心騒乱事件につきまして、下記申し上げます。

記

事件確認日時：　二一一〇年一〇月一二日（日）午前一一時
捜査場所：　国内ネット全域　東京都品川区南品川
被疑者：　上川士郎

捜査事項
1．発生の経緯
二一一〇年一〇月一二日（日）午前一一時頃、オンライン・ゲーム『リンドヴルム』に於けるソフト及びサーバの不正使用を総合分析室にて確認。

確認時点で、約一ヶ月に渡って同様の行為が繰り返されていたと判明。

公安局一係は直ちに捜査を開始。

捜査詳細は添付の分析官報告書を参照のこと。

2．事後の経緯
二一一〇年一〇月一三日（月）午後三時頃、被疑者・上川士郎を確保。

明確な不正サーバ使用者であり、シビュラシステムの判定に従って拘束措置。

犯罪係数は一三〇。

事件について被疑者は自供を拒否。物証から上川が本件の犯人であることは確実だが、上川は「協力者」の存在を示唆している。

< 00 2113.02.05

< 01 2097.12.10

< 02 2110.10.13

< 03 2111.10.02

< 04 no data

< 05 no data

< 06 no data

1

執行官護送車——

公安局刑事課専用の移動用車輌。

シビュラシステムと繋がった携帯型心理診断・鎮圧執行システムことドミネーターを運搬する特殊ドローンを搭載している他、電波環境構築のためにネットの中継地点として用いられることもあるが、何よりも自分たち執行官にとっては移動する犬小屋といった意味合いが強い。

猟犬を運び、任意の場所で解き放つための鉄の箱。

縢《かがり》秀星《しゅうせい》は、これが、あまり好きになれない。

もう一年近い付き合いになるというのに、狭い箱の中に押し込められる感覚は、自然と、隔離施設での十数年を思い起こさせる。窓ひとつない無機質の空間。移動する距離が長ければ長いほど、どれだけ車内の空調が働いていると分かっていても息苦しさを感じざるを得ない。

唯一の救いは、暗いことくらいか。

隔離施設は何処もかしこも明るかったから、護送車内部の暗さは比較的心地良い。

「……こっちのストレスが上昇するっての」

文句が漏れる。

どうせ車輌のこちら側に宜野座《ぎのざ》はいないから、思ったままを正直に縢は口にする。聞かれている可能性は高いが別段構わない。この一年で、宜野座も随分と自分のことを分かってくれていると実感している。小言やお目玉程度なら、幾らでも受けてやろう。宜野座は口うるさい相手《ガミガミメガネ》だが、嫌いではない。

ちらり、と薄暗い中でぼんやりと光を放つ車内ディスプレイを見やる。

表示されているのは渋谷区のマップ。

段階別に分けられた色相の分布が、エリアストレスの上昇を示している。

『街頭スキャナを中心とした監視網には未だ掛かっていないが、エリアストレスは現在も徐々に上昇中だ。恐らくは、潜在犯が同地区を徘徊している可能性が高い。

潜在犯の捜索及び確保のため、一係はこれより渋谷へ急行する』

先刻、公安局本部ビルのオフィスで聞いた宜野座の言葉を思い返す。

文句はない。

猟犬は、飼い主の言う通りに獲物を駆り立てるのが仕事だ。

ただ、護送車の中は今もどうにも好きになれない。それだけだ。文句はあるが、飼い主の手を噛んでやろうというほどのこともない。

何より、今日は隣にいるのが征陸《まさおか》だ。狡噛《こうがみ》に倣って自分も「とっつぁん」と愛称で呼ぶようになったのは割合に早い時期からだった。独特の距離感を保ちながら接してくる征陸のことが、縢は嫌いではない。深い経験に裏打ちされた征陸智己《ともみ》という人間は、実に、頼りになる先輩だ。

「ん。何だ、どうした縢」

「べっつに。いや、とっつぁんと組むのはこれで何度目かなってさ」

「七度目の筈だ。そういや、お前と組むのは珍しいな」

そうだ。征陸とは七度目。

普段は六合塚《くにづか》と組むことが割合に多いものの、こうして相手が入れ替わることもままある。理由はよく分からない。単純に日勤と夜勤の都合であれば、基本的にはペアを優先してスケジュールが組まれる筈だから、やはり理由は定かではない。宜野座の考えかも知れないし、もっと上の考えなのかも知れなかった。

(親の年代の人間とは、あんまり組ませないようにしてるとか？　……うえ、想像しただけで気味悪ぃ。とっつぁん相手に遠慮もクソもないだろ)

深く考えるのは止めておく。

言われたことをこなしておけばいい。それで十分だ。

執行官の仕事にも、漸《ようや》く——

「そろそろお前も一年は経つか。どうだ、執行官の仕事には慣れたか？」

ジャスト。

どうしてこう、この親父はこっちの考えていることを言い当てるのか。

その癖、征陸自身は特に意に介していない。一瞬どきりとしたのを隠すように軽く笑ってみせてから、縢は唇を開く。言葉を選ぼうにも選択肢は多くなかったから、思ったままを素直に告げる。「さあ、どうすかね」と。

実際、自分でもよく分からないのだ。

結局のところ、「健康な市民」である都内の人間たちを「守る」という執行官の仕事は今もってピンと来ていない。連中はろくでなしだ。自分たちの世界が、どんな人間に——人間扱いされない人間に——よって支えられているのか、知らない上に知ろうともしない連中だ。

守る。何だそれは。

実感が湧かない。

確かなのは、自分や征陸たちが猟犬であるという事実だけ。主人の指示に従って獲物を狩る。鉄の首輪は手首に填められたデバイス。鎖はネット。獲物を捕らえる爪と噛み殺す牙は、指向性電磁波を放出する黒色のドミネーター。

（ま、比較的、楽しんでるよな。俺）

施設では「仕事」と呼べるものはなかったから比較し難いが、この生活は悪くない。

十数年間閉じ込められてきたあの箱に比べれば、格段にましだと思う。何せ、通常の潜在犯と比べて執行官には自由が多い。入手可能なゲーム・ソフトも増えたし、忌々しいネットの閲覧制限もない。監視官への購入申請さえ通ってしまえば、初任給を注ぎ込んで通販した年代ものの筐体式ゲーム機を、執行官宿舎の自室に運び込ませても文句も言われないし、それに——

「ああそうだ。そう、何って、酒！　とっつぁんの分けてくれる酒！　天然物のバーボンにウィスキー、あんなモンが飲めるんだから、執行官、最高だっての」

「最高か」

「そりゃもう！　天然食材で作ったつまみと合わせたら、天国だって行けちまう」

「はは。大きく出たな」征陸は笑って「そうだお前、また何か振る舞っちゃくれないか」

「当然ご馳走しますって。料理の師匠から教わったレシピで、まだ試してないとっておきのがあるんで」

「おうおう。そいつは楽しみだな。お前を連れて行った甲斐があった」

「だから、ね。ご馳走するためにも、よろしくお願いしますっ。いい酒一本、いや一本と言わず二、三本！」

両手を合わせて大袈裟に拝む。

おいおい俺はまだ仏にはならんぞ、と征陸がまた笑う。

つられて縢も笑っていた。

執行官か。守るべき「健康な市民」の世界に対しては今もって虫酸が走るが、笑える職場ってのは、なかなか悪くないのかも知れない。

2

速やかに、渋谷区に到着。

護送車を降りた縢と征陸の前にするりと移動してきた装備搬送ドローンは即座に変形して、黒色の特殊拳銃《ドミネーター》をポンプアップ。ご丁寧に銃把を向けて来るのが何と言うか、ご主人さまに獲物を届けに来た猟犬を連想させる。猟犬のための猟犬と見なすのは、皮肉に過ぎるだろうか。

縢は黙ってドミネーターを手に取る。

独特の重みが右手に伝わる。片手で取り回すにはそれなりの筋力が必要な重量だが、取り立てて重すぎることもない程度。これ一丁で人間の自由なり生命なりを簡単に奪えることを考えれば、軽すぎるとも言える。
（ま。そりゃそうだわな）

今更、何を思うこともない。

ドミネーターの引き金を絞った結果として潜在犯が麻痺したり爆散したりするのは、縢たち執行官がそうするのではない。オンラインで接続されたシビュラシステムが裁定し、刑罰を下すまでのこと。

裁くのは、自分たちではない。

この銃だ。

ドミネーターが、シビュラが人を裁くだけのこと。

「区内にドローンを回しているが、お前たちも投入する。仔細は任せる。二時間後に集合地点へ戻れ。十五分ごとに定時連絡を送ること」

「あいよ」

宜野座の言葉に頷いて、縢は渋谷の人混みへと消えていく。二人組《ツーマンセル》で動くのも悪くないが、征陸も今回は単身での捜索が効率的と判断したらしい。自分とは別方向へ向かう征陸の背中を一瞥して、縢は「健康な市民」の群れへと無言で視線を移す。

サイマティックスキャンに頼るのは仕上げの時だけで構わない。

獲物の匂いを嗅ぎつけるのは、自分たち、猟犬の仕事だ。

「……ンだよ、全然見付からねえでやんの。ほんとに潜在犯なんているのかね」

潜在犯の行動にはある種の規則《パターン》が存在する。征陸であれば主に経験と勘からそれを導き出すし、狡噛であれば独特の思考方法《プロファイリング》と野性的なまでの嗅覚で以て目標を突き止める。潜在犯のことは潜在犯が一番よく分かる、ということなのだろう。

縢の場合、やはり勘と、ある程度の推理で以て獲物を探す。

自分が潜在犯であればどう動くか。

自分が追い詰められているなら。

それを突き詰めて学究したものがプロファイリングだ、と狡噛は言っていた。修得すれば便利なものには違いないが、そのために苦労して勉強する気にはなれない。折角の自由時間、貴重な非番の時間を費やすのは勿体ないし、プロファイリングの修得は犯罪係数の上昇にも繋がるとか何とか。

犯罪係数を下げて、まっとうな市民に戻る――

そんな可能性が自分にあるとは微塵も思わない縢ではあったものの、わざわざ自分から係数を上げるのも莫迦らしい。

だが、今日のような日には少しくらいは思うものだ。

ああ。俺も。

(俺も、少しは勉強しときゃ良かったかな)

渋谷に到着したのが午後五時過ぎ。あれから一時間以上が過ぎているというのに、潜在犯そのものはおろか何の痕跡も見付けられていない。

前世紀から人気のある繁華街として知られる渋谷区の雑踏の中、莫迦のような顔をして歩き回っているのが自分だ。夕暮れの紅い陽射しが差し込み始めた街並みをぼんやりと眺めながら、縢は息を吐く。

征陸の方はどうなのだろう。

何かを掴んでいるようなら、こちらのデバイスにも連絡があるか。

もっと調子を出せ、と壊れかけた機械にするように頭を振ってみる。すると、揺れる視界の端に映り込むものがあった。

『いまも…世界のどこかでは、人が人を傷つけている…』

『いまも…世界のどこかでは、誰かが助けを求めてる…』

『さしのべようシビュラの手…』

大型建築物に備え付けられた巨大モニターだ。

流れているテキスト・メッセージは、厚生省の公報広告の類。シビュラシステムの国外拡充。未だ混沌の紛争が続く世界各地へのシビュラシステム輸出プログラムを謳うもので、現在は東南アジア連合あたりに着手しているとか。

「世界にシビュラの手、ね」

実感が沸かない。

それが縢の正直な感想ではあった。

世界。その言葉は、この都市やこの国だけを指すものではないのだろう。時折縢が思い浮かべる「健康な市民」の世界などではない。もっと広く、もっと大きく、地上のすべて、すなわち、世界という言葉が本来意味する通りの、地球という惑星全土の――

（ん……）

意識を、巨大モニターから自分の傍らへ傾ける。

気配があった。

何者かがまっすぐこちらへと接近してくる。不意の襲撃に備えて態勢を整える――までもなかった。すぐに分かる。気配の主は随分と背の低い、子供だ。よそ見をして歩いていたせいでぶつかりそうになった少女を、縢は両手でやんわり受け止める。

「あ……」

透き通る青色がこちらを見ている。

幼い少女だった。

年齢は六、七歳といったところ。

金髪。青い瞳。準日本人、というあれだ。

「珍しいこともあるもんだ。へえ、生の外国人のガキは初めて見たな」

異国の少女。

数十年間の鎖国状態にあるこの国、この都市では特に見掛けることの珍しい部類の人間だった。確か、数々の審査をくぐり抜けた資格ある人物たちだけが準日本人の資格を得て、入国を許されるのだとか。端的に言えば、シビュラシステムがその存在を認めた重要人物《VIP》たちだけがこの国に受け入れられる。

この少女は、要はお姫さまという訳だ。

実に、珍しい。

更に、気のせいか。

この少女。何処かで見たことがあるような？

思わず膝は、両手で少女の肩に触れたままの姿勢でしげしげと見つめてしまう。

「……う……」

青色の瞳が揺れている。

ああ、こりゃ泣かれるかな、と思いきや。少女ははっきりとした眼差しを浮かべてこちらを見て、こう言った。

「うさぎをさがしてるの、あたし。しろいうさぎなの」

「兎だァ？」

この幼さでひとり歩きと言うことは、つまり？

十秒以上が経過しても保護者らしき人物が姿を現さないということは、つまり？

この子は「迷子」であると滕は予想した上で、状況を再整理してみる。異国の人間、金髪の少女が兎を探して歩いている。やや訂正。金髪の迷子が、兎を探して迷っている。

まるで、それは――

言葉を続けようとした瞬間。

視線の先で、路地を横切って走って行く小動物の影があった。

確かに見た。錯覚の類ではない。

ぴょん、とすばしっこく飛び跳ねていく姿。

「本物かよ！　幾らするんだあれ！？」

まっとうな小動物、兎そのものであれば高級品どころの話ではない。

流石は異国から来た姫。ペットも高価でいらっしゃる。

滕は刹那に思考する。

エリアストレスの上昇値から鑑みて、自分たちが追っている潜在犯はさほど大した相手ではないだろうし、数分程度の寄り道であるならそもそも宜野座に勘付かれることもない、か。いいや。いいや、そもそも、準日本人として入国が許されるほどの外国人ＶＩＰの係累をお助けして差し上げたんですよ、というのは数分の消費の理由としてはそれなりに格好が付いている気もする。

（それに、あれだ。佐々山《ささやま》だっけか）

少女の手を取って。

兎らしき小動物の向かった路地裏へと足を向けながら、僅かに思う。

（前任の執行官。そいつも出動中の寄り道はよくしてた、って話だったし？）

3

数分の寄り道。数分のロス。

それだけで済むはずの話だった。

真っ白な兎を追って、渋谷の路地裏へ。デバイスで確認するまでもなく、明治通りの裏のあたりに自分がいることを滕は正確に把握していた。問題はない。少女の手を引いているせいで全速力で駆けることはできないまでも、ぴょん、とゆったり飛び跳ねながら移動する兎の移動速度はさほどではないため、すぐに追いつく筈だ。

（渋谷の街中で兎捕りって、何だそりゃ。ギノさん、一言じゃ信じないだろうな。いや、誰なら信じるんだ。俺だって笑うって。唐之杜《からのもり》のセンセーあたりは信じてくれるか？）

想像してみる。

狡噛は、表情を僅かに動かすだろうか。

六合塚は冷ややかな視線を寄越す程度だろう。

征陸は笑う気がする。信じるにせよ、信じないにせよ。

自分なら、そう、自分も笑うだろう。そいつはよくできた冗談だ、と言って。まったく巧くない冗談だと心底思いながら。

「つっても、本当なんだからな、っと！」

あと二メートル。

あと一メートル。

よし、手を伸ばして捕まえ——

「あ」

外した。

兎の首根っこを掴むはずの右手は空を薙ぐ。

落ち着け。もう一度。そう自分に言い聞かせるが、一呼吸遅かった。兎は生意気にも進行方向を急に変えて、真横にぴょんと跳んでいく。ぽっかりと口を開けていた排水用の側溝に入り込む。

やられた。側溝は成人男性が入り込めるほどのサイズではない。

まさしく、兎なりの小動物であれば丁度いい程度の穴ぐらだ。

「あ、あっ……」

膝に手を引かれたまま付いてきた少女の、悲しそうな声が聞こえてくる。

視線を向けると。ああ。なんてこった。

今にも泣き出しそうな少女の顔を見て、膝は頭を掻く。整髪料で無造作にセットした明るい色の髪が僅かに乱れる。

「泣くなって。ガキに泣かれるのは嫌なんだよ」

嘘ではない。

子供の泣き声は、あの明るい箱を思い出すので苦手だった。

隔離施設に収容されたばかりの頃。十数年前。五歳を迎えた後の、春。似たような境遇の子供たちの泣き声が昼夜問わず響いたあの数日間は、膝にとっては人生最悪の時間のひとつだった。うるさいと言っても泣き声は止まないし、消灯時間になっても騒いでいる子供たちの元へ職員たちが駆け付けてきても、泣き止むどころか酷くなる一方で。

助けてと泣き叫ぶ声。

子供の声。

こんなところにはいたくない。

元の世界に返して、と願いを込めて上げられる悲鳴。

嫌いなものだ。好きにはなれない。

「うさぎ、いなくなっちゃった……」

「なんつうんだっけな、こういうの。行き掛けの駄賃？　違ったか？　まあいいや。いいか、泣くなよ。絶対に泣くな」

短く息を吐いて。

「渋谷。明治通り裏で、側溝、と……」

手首のデバイスを操作して周辺地図を展開させる。

非実体のホロ・マップと現在位置を確認してから、別のマップを更に重ねて表示させる。

記憶通り。当たり《ビンゴ》だ。

「地下、ね」


前世紀、都市計画のために地下へと引かれた河川が都内には存在している。

この渋谷区にも。旧渋谷川暗渠《あんきょ》。側溝は排水を流すために設置されたものなのだから、必ず水の行き先がある。それが今回の場合は暗渠と言う訳だ。

兎を見失った地点から、ほんの五〇メートルほどを歩いた場所に縢は「入口」を見付けることに成功していた。執行官用の装備のひとつである小型照明を片手に、もう片方の手には少女の小さな手を握って、縢は旧渋谷川暗渠へと降りて行く。

「……なんだかな」

青い目の少女。

両親と渋谷を歩いていたが、兎を追い掛けるうちに迷子になった――ということは、既に確認してある。正真正銘、迷子の少女だ。

どういう訳か、こちらの手を繋いだまま離そうとしない。

その辺をうろついている筈のドローンを捕まえて、この迷子を引き渡す。それが最適の行動である筈だった。わざわざこうして、暗がりの暗渠を二人仲良く連れ合って進んで行く必要はこれっぽっちもない。

数分の寄り道のはずが、何してんだ俺、と滕は溜息ひとつ。

（珍しいせいか？　この目の色が）

地下の暗がりの中、歩きながら少女を眺める。

足下には十分に注意。地下を流れる川の脇道を歩いている形である以上、踏み外せば無惨なことになる。下水でないのが幸いだが、排水でたっぷりの川で泳ぐつもりはさらさらなかったし、ＶＩＰの子女を溺れさせる訳にもいかない。

「なに？」

滕の視線に気付いたか、少女が首を傾げていた。

さらさらの金髪が揺れる。作り物の人形《フィギュア》を滕は思う。金髪碧眼の人間をリアルで見るのは本当に珍しい。ゲームなり、アニメーションの中でならさして珍しくもないが、こうして本物の金髪を見ると不思議な感じがする。

(ゲームなら随分高精細だし、アニメならあれだ、作画枚数多いな)

「何でもない。よく出来てんだな、って思っただけ」

「?」

「目と髪な。それ、天然モノだろ」この言い方で理解できるだろうか。

「あたしの、髪の色と、目の色。めずらしい?」

「まあね。ま、天然じゃないなら、それほど珍しくもないいっちゃないけどさ」

「えっとね。パパとママが、シビュラコーニンのゲージュツカ、だったの」

「ははあ、成る程ね」

準日本人。

この国の外から来た人間たち。

多くの場合は莫大な財産を有するVIPと相場が決まっているが、シビュラシステムに「保護」される形で日本への入国が許可される特例もある。例えば、社会にとって相応しいとシビュラに価値を認められた芸術家、等がそうだ。

「お前、どっちで生まれたのか分かる? こっち? 外国?」

「ニホン」

「あー。そういう場合はどうなるんだ、日本人、でいいんだっけか？　準日本人か？」

「ううん、ニホンジンかな？　たぶん……」

「どうだったっけかなぁ」

言葉を交わしながら、地下の暗がりを歩く。

迷子の少女と。

白い兎を探して。

予定していた数分間が過ぎ去って、ああ、定時連絡しようにも地下からじゃ届かない可能性があるなと気付くと同時に——ふと、朧は思い当たる。兎の行方を案じて表情を曇らせる、異国の少女から感じられる面影について。

何処か似ている。

あの少年——

ほんの一週間だけ共にゲームに耽った彼に、少し、似ているような。例えば、少年の貌にいつも貼り付いていた知性の仮面を剥ぎ取ることができたなら、こんな風に、素直そのものの無垢を映す顔が幾らかは見られたのかも知れない。

「いや」

呟いて、首を振る。

理性が告げていた。

そうじゃない。そうじゃないだろう、滕秀星。

あの少年をお前が思い出したのは、暗渠という環境の中を歩いているからだ。

地下。十数年前、少年が仕掛けてきたゲーム。自分が応じたゲーム。

ただの一回きりで終わった最後のゲーム。

「ゲーム。ゲーム、ね」

呟いて、下水道のマップを再表示。不運にもネット接続は切れていたが、暗渠へ潜る前にマップ・データをダウンロードしておいて助かった。建物の地下一階や二階程度なら、普通はオンラインだろうに——

オフライン状況である以上、定時連絡は暫く行えそうにない。命令違反の上に連絡の不通ときたか。うるさい眼鏡《ガミガミメガネ》があれこれ言う未来ははっきりと予測できたが、そこはＶＩＰのお姫さまに付き合っていたということで何とか帳消しにして貰う他ない。

ここまで来た以上、手ぶらでは帰れない。

滕は冷静に思考する。

宜野座への言い訳を——

違う。マップを確認しながら、側溝から暗渠へと入った兎の行く先を推測する。

これも、ゲームだ。

それも随分と子供向けのもの。

ごく単純な追い掛け鬼。

4

兎の習性というものはよく分からない。

だから、流石に、完全な予測を立てることはできない。

それでも。手元に正確な地図情報があれば、それなりの推測は可能だ。例えば、先ほどの側溝から暗渠へと続く経路は一本のみで、暗渠に出てからは二本に別れる。片方は、奥へと続く道。もう片方は、籐と少女が入ってきた暗渠入口への道。

こうして進んでいても出会わないということは、兎は奥へと向かったのだ。

来た道を引き返して側溝から地上へ出ていたとしたらゲームオーバーだが、それはないだろうと籐は見当を付けた。逃走者は、まず来た道を戻ることはない。敢えて引き返すのはよほどの莫迦か、来た道に追跡者がいないという特殊な状況を把握できる頭脳の持ち主だけだ。大概、追われている者は先へと逃げると相場が決まっている、というのはこの一年間の経験に依るところが大きい。

もっとも、兎の習性に「引き返す」というものがあれば話は別。

その時は、その時だ。

「うさぎ、いない……」

「すぐに見付かるから、そんな声出さなくていいぜ」

「ほんと?」

「その年で男を疑うようだと、ろくな女にならねーぞ。少し行くと曲がり角があるから、そこを曲がればゴールだ。あいつはいるさ」

言った通りに籐は推測していた。

暗渠はしばらく直進のみだが、少し先に脇道が出来る。

兎はそこへ曲がった筈だ。

根拠は薄いが、一応はある。地上で追われている最中に、兎は、咄嗟に路地裏へと曲がった。あれは癖なのだと籐は判断した。追われる者は、自分が窮地にあると認識しているが故にそう多彩な選択を行うことが出来ない。安全だと思うところへ、半ば無意識に自分を移動させる。陰に隠れたり、角という角を曲がったり。

土地勘のあるような相手なら別だが——

まさか、兎に暗渠の経験があるとも思えない。

(テンパった逃走犯と同じ思考パターンとは限らないのは重々承知してるけど、っと)

曲がり角を発見。

少女の唇の前に人差し指を立てて、そっと、角の先を覗く。

暗がりに携帯照明を向けて。確認。

（ほら、いた）

運が良かった？

そうかも知れない。

角を曲がったのは、別段、癖でもないのかも。

それでも、予測通りの場所に兎はいた。しかも、それ以上の逃走を続けることなく、曲がり角の先の通路を少し進んだ場所、二股路の付け根あたりで退屈そうに床へ座り込んで耳をぴくぴくと動かしている。油断しているのか、追われているのをすっかり忘れてのんびりしているのか。

（ともかく、これでおしまい、っと）

そうっと背後から兎に忍び寄る。

あまりに簡単だ。

単純に過ぎる。ゲームなら、そう、このあたりでひとつくらい驚きを――

「うさぎ、いた！」

「うっそだろ！　声立てんな！」

少女の声に思わずつんのめって、兎を踏みそうになる。

慌てて飛び越える。

結果的に、兎の先にあった二股路のうちの右側へ足を踏み入れる。瞬間。

振り返りかけた縢のすぐ近くに、何かが。

風切り音を立てて振り下ろされる。

コンクリートの床に突き立って甲高い音を立てる、それは、何だ。硬質の。金属。大型のナイフだ。山刀。照明を向けられていない壁面に備え付けられた仕掛け罠。立ち止まらなければ、縢の頭はぱくりと割れていただろう。

「なん、だ?」

罠の音に驚いて、兎が、二股路の左側へと走って行く。

つられるように曲がり角からこちらへ駆けてくる少女を抱き留めながら、縢は壁の罠を速やかに確認する。機構自体はごく原始的な罠だ。床すれすれの低位置に張られた糸を切ってしまうと、強力な発条《ばね》を利用した刃の罠が発動する。

侵入者を殺害するための、罠だ。

「うさぎ、にげちゃう……」

「駄目だ。動くな!」

「ひぅ」

少女が引きつった声を出す。驚いたのだ。

大きな声を出したのは拙かったか。

いや。そうも言っていられない。状況は掴めないが、ここは駄目だ。理由は不明。ただ事実として、この暗渠には殺人を意図した罠が仕掛けられている！

どうしたの、と目を潤ませながら首を傾げている少女を抱きかかえたまま、滕は一呼吸の間にすべてを思考する。通信不能状況。死の罠。危険度は、高い。

ともあれ、仕掛けた奴がいるのは間違いない。

この少女を狙っているのか？

ただ偶然、旧渋谷川暗渠という暗がりの空間がそういった趣味を持つ「誰か」の遊び場である可能性も否定はできないが、現状では推測しきれない。情報が少なすぎる。であれば取れる選択はひとつだけだ。

「悪いけど兎は後だ。まずは地上に戻るしかねえわ、これ」

とは、言ったものの。

見事に。してやられたと言うべきだろうか。

少女とふたりで降りたはずの暗渠入口には、分厚い金属製のシャッターが下りて、帰路は見事に塞がれていた。何度か力任せに叩いてみても反応はない。路地裏を更に曲がった先にある暗渠入口近くに、誰かが通り掛かる可能性はあまり高くない。

更には——

「……あ?」

下りたシャッターの中央に、奇妙な模様があった。

それは。

「どっかで見たな」

以前に確かに目にしたものだ。

記憶を探るのにそれほどの時間は必要としなかった。一年ほど前、不正改造されたオンライン・ゲームの中で目にした、迷宮最深部、第七層最奥の扉に描かれていたものとそっくり同じ、英語の「G」をねじ曲げたようにも見える奇妙な模様。

VR空間の中で縢が見たものは、扉に刻み込まれていた。

シャッターには、紅い塗料で乱雑で描かれている。

まさか、同じ人間が残したはずもない。

一年前の事件の被疑者は宜野座たちに確保されて施設送りになっている。

「なに、これ?」

少女が言った。

「さあ。こういうの、どっかで流行ってんじゃねえの。ちなみに聞くけど、どっか他で同じようなもン見たことあるか?」

「ない……」

「だよな」

まさか、奴が、一年以上前にここへ来て同じ模様を残したとか？

分からない。推測するには情報が少ない。

ただ、同じ模様、よく似た模様というだけだ。

ただ、地下迷宮、よく似た状況というだけだ。

この瞬間。滕秀星が選ぶべき行動、否、選ぶことのできる行動はたったひとつだけ。

帰路がない以上、前に進む他にない。

（デス・トラップに、足手まといってさぁ。

幾らなんでも、いきなり難易度跳ね上がりすぎっしょ）

5

冗談のような状況だった。

死の地下通路。

旧渋谷川暗渠。

つい先刻までは特に気にしなかった排水の臭気をやけに強く感じるのは、少なくとも入口を潰されている閉鎖環境であることを自覚したせいだろうか。少女の手を引きながら、油断なく神経を研ぎ澄ませつつ縢は歩いて行く。

移動を開始する前に、暗渠の経路を記した地図情報はすべて頭に叩き込んでいる。

地上へと至る道筋は、地図で把握できる限りは合計で三つ。それらは入口と同じように開放されて側溝と繋がったものだが、路上のマンホールを数えれば幾らでも脱出口はあるだろう――と考えるのは、当然、あちらも同じことだった。

地図上では確認できないマンホールを既に三個確認したが、いずれも地下側から溶接されていた。すべてのマンホールが溶接されているとは限らないが、地図にある「出口」のいずれかへ向かうのが上策か。

マンホールも「出口」も塞がれている可能性はある。

そうなれば、お手上げだ。宜野座や征陸が見付けてくれることを願うしかない。

(……これは、なかなかにきっついな)

冗談にしてはたちが悪い。

灯りがひとつしかないにも関わらず、頭上のマンホールを絶えず探しながら、襲い掛かってくる罠を回避しなくてはならない。自然と周囲のすべてを警戒することになり、進む速度は極めて遅くなる。

だが。背に腹は代えられない。

全身の神経を張り詰めながら、視線を縦横に巡らせながらゆっくりと移動する。

まず目指すのは、最短経路の「出口」だ。兎を見付けた脇道へは入らずに、数百メートルも直進すれば見えてくるはず。

基本的に、仕掛けられた罠の数々は古風なものばかりだった。

第一の罠と同じ型の糸仕掛けに連動して動く刃の罠、濃硫酸の罠。焦って走り出せば足首から切断されかねない、低位置に貼られた鋭い鋼線の罠。何かがべったりと塗り込められた、床に設置された短い刃。足首に噛みつく鋼鉄の虎挟み《トラバサミ》。

前時代的以上の古めかしさではあるものの、まともに喰らえば致命傷になりかねない罠の数々を慎重にくぐり抜けながら最短経路で「出口」へと進む。

基本的に進行方向だけを注意すれば罠を回避できるのは、有り難くはある。

「いやはや、アナクロだねえ」

頬を伝って落ちる汗を拭いつつ、軽口をひとつ。

「あなくろ」

「おいおい、英語だぞ。母国語じゃねえの?」

「?」

「英語圏じゃないのか。そりゃ悪いこと言ったな、ごめん」

「ううん」

少女は、事態がよく呑み込めていないようだった。

ただ、兎を追い掛けている場合ではない、ということは縢の様子から感じ取ってくれたらしい。いっそう強く手を握って縢から決して離れない。賢い子だ。もしくは、自分の身を守るにはどうしたらいいのかを幼くして理解しているのか。

ふと、思う。

準日本人。外国人。

この世界――この国の社会にとっては異質の外観を持って生まれた人間は、どういった風に世界を感じ取るのだろう。縢秀星という人間は内面が社会不適応、社会の異物であると判定されたが、この少女はある意味では逆なのだ。

内面が異物。

外観が異質。

（似てる、か？　いや、似てねえよ。この子は少なくとも隔離されることはない）

僅かに考えながら、思考の主要な部分は罠の感知と状況把握に割り振る。

進むしか他に道はない。だが、この暗がりをただ進むだけでは、恐らく、敵の思う壺だ。

そう、敵。縢は明確に、暗渠を閉ざして罠を仕掛けた人物が敵であると認識していた。手元の情報は足りないが推測するしかない。

（潜在犯の巣にでも潜り込んだか、それとも、やっぱり、このガキを狙ってる？）

いいや、不明だ。

標的を明確に定めているかは分からない。

偶発的に、迷い込んだ人間を殺そうとしているだけかも知れない。

例えば、兎を追って迷い込んだ少女と、その連れ合いとか。

「……自分で考えてて莫迦莫迦しくなってくるわ。これで死んだら俺、何なんだ」

「おにいちゃん、しぬの？」おそるおそる、といった風に少女が声を掛ける。

「死なねーよ！」

しまった。

今のは、強く言いすぎた。苛立ちも僅かに込めた気がする。

ああ。やはりそうだ。

「ふぇ……」

少女の張り詰めていたものがぷつんと切れるのが、不思議と見えた気がする。

青い瞳が涙を溜め始めていた。

「ふぇ……う、うう……ううう」

「ちょ」

駄目だ。泣くな。

数々の死の罠に満ちた閉鎖空間の中で、敵の目的も分からないまま、足手まといが爆発寸前。それは如何にも拙い状況に過ぎるというもの。口元に咄嗟に手をあてて、人差し指を立てて目配せをしても、少女の涙は今にもこぼれ落ちそうだ。

これは。いよいよ困った。

とは言え、少女の気持ちも分からなくはない。

この子も耐えていたのだ。ある程度は把握していたのだろう。親とはぐれて、暗がりに見知らぬ男とふたりきり、途中から男は妙に緊張感を漂わせ始めて。そこに来て、死ぬ、などと聞かされては不安に思わない筈もない。

あまつさえ、探していたはずの兎も見失って——

(ん?)

引っ掛かる。

何だ。何か、頭の奥で明確にかちりと繋がった。

何だ。探していた?

何だ。兎を?

「兎。そうだよ、兎!」

「うさぎ……」

「そうだ、兎だ。泣かなくていいぞ、すぐに地上へ出してやる」

これは、勘だ。

推測と呼ぶにはあまりにお粗末なもの。

根拠は薄く、例えば宜野座あたりに言ったら怒鳴りつけられるだろう類の選択肢。

そうだとしても、その時、縢は確信に近いものを得ていた。罠を警戒する慎重さを完全には失ってはいないが、それでも比較的急ぎ足に暗がりを「戻る」ことを選んで。

(あの兎、無傷であそこに寝転がっていたよな)

偶然か?

その可能性は否定できない。

だが、確かに、あの白い兎は余裕の面構えであそこにいた。そして、まるで迷うことなく道を選んで走り去って行った。

野生の勘?

危険回避?

ペットとして生育しているだろう小動物が?

そんなことが果たして有り得るか。

そもそも、縢はさほど詳しくないまでも、兎という生物がそれほどに危機に対して高い対処能力を有しているとは考え難い。いいや。いいや、それでも、だ。

あの兎は、この、死の罠が満ちる地下通路の中で平然と活動していた。

山刀でまっぷたつにされることもなく、酸を浴びることもなく、毒の棘を踏み抜くこともなく、鋼鉄の刃に挟み込まれることもなく。あまつさえ余裕の素振りで寝そべって。

どれもこれも低位置を意識した罠ばかりの中で、だ。

つまり——

「兎の道。ってか」

最短経路で行ける「出口」を目指すのは即刻中止。

籐は来た道を引き返して、先刻、驚いた兎が走って行った二股路の「左の通路」を歩いて行く。地図情報に依ればこの先にも確かに「出口」のひとつはあって、最短経路に比べれば随分と遠回り——実に二倍以上の距離を歩くことになる——ではあるが、確かに道は続いている。

籐は、堂々と歩いて行く。

少女の手を引いて。

——当たり《ビンゴ》だった。

警戒は引き続き行っていたが、幸運にも、いいや、読み通りに罠はひとつも存在していなかった。当たりを引いた。兎の選んだ道を歩いて、進んで、街灯の明かりが地上から差し込む「出口」へと行き着いて。

脱出、成功だ。

最後は少女を抱えながら暗渠から出る。

時刻は午後七時を既に過ぎている。指定の二時間を過ぎて、すっかり周囲には夜の気配が満ちて、渋谷の路地裏を街灯が照らしている。排水独特の臭気が晴れて、絶えず聞こえていた水流の音も届かない。

そして。

白い兎が、路上で静かに蹲《うずくま》っていた。

走り疲れて眠ったのだろうか。

少女を地上に降ろすと、直前まで泣きそうだったのが嘘のように明るい表情になって、兎を抱き締めていた。ぎゅう、と音がする程に。そんなに強く抱いたら危険なのではないか、と口にしてみる。

「だいじょうぶ、うさぎ、きかいだから」

「へ」

機械――？

まじまじと見つめる。

少女の腕に抱かれた兎の姿。白い毛皮。開いた瞼から紅い瞳が見えて。

僅かに。機械の駆動音がした。

「……成る程ね」

ペットの兎。

本物の兎。

そう滕が思っていたものは、真実、偽物の皮を被ったペットロイドだったのか。

成る程。それで。地下の出来事のあれこれがたちまち繋がっていく。最短経路をと考えた自分と違って、自分の視線の高さを見つめていたこいつは、見事に罠を回避してみせたという訳だ。糸の仕掛けなり棘なりハサミなりの低位置揃いの罠を、ただただ障害物を回避して、安全なルートを選んで。

あの罠の数々は、人間さまを殺すために準備されていた訳だ。

焦って最短経路を進む人間を殺す罠。

ごく単純に障害物をかわして進む「迷子の兎」が、まさか、このゲームに於ける本当の最短ルートだったとは、皮肉というか、よくできた冗談というか。

いいや。

冗談にしては笑えない。何にせよ。

「何であれ、大した小動物なのは確かだよな。言ってみりゃ、お前のお陰で俺たちが助かったみたいなもンだし……ん？　いや、いやいや待てよ、そもそもお前がこんな所に入り込んだりするから酷い目に合ったんじゃねえの、俺」

「？」

少女が首を傾げる。

真似をするように、兎も頭を揺らす。

よくできている。

本物を生で見たことはないが、そう滕は思う。

実によくできた偽物。

この「健康な市民」に満ちた都市で愛玩される兎。本来の「健康な市民」とは些か異なる外観をした少女の手に抱かれる、偽物の、機械仕掛けの兎――

「ま、いいか。

次からはちゃんと付けとけよ。首輪とか」

腕輪を掲げて滕は笑う。

よく分からないといった顔で、青い目の少女もつられて微笑んだ。

6

公安局局長
壬生　壌宗　殿

公安局刑事課一係監視官
宜野座　伸元　印

捜査報告書

二一一一年一〇月二日（金）に発生した、障害未遂事件、殺人未遂事件につきまして、下記申し上げます。

記

事件発生日時：　二一一一年一〇月二日（金）　午後六時
捜査場所：　東京都渋谷区旧渋谷川暗渠
被疑者：　不明

捜査事項
1．発生の経緯
二一一一年一〇月二日（金）午後六時頃、渋谷区旧渋谷川暗渠にて、準日本人セシリア・アーミテッジ及び一係執行官・縢秀星に対する障害未遂事件、並びに殺人未遂事件が発生。

被疑者は両名を旧渋谷川暗渠に監禁。

発生状況詳細は添付の分析官報告書を参照のこと。

2．事後の経緯
縢秀星はセシリア・アーミテッジを保護し、旧渋谷川暗渠を脱出。

被疑者不明。

懸案事項、一点あり。（二一一〇年一〇月一〇日（金）に発生した事件との類似点）

< 00 2113.02.05

< 01 2097.12.10

< 02 2110.10.13

< 03 2111.10.02

< 04 2112.03.01

< 05 no data

< 06 no data

1

廃棄区画の空気は、あまり嫌いではない――

こんな風に感じるからこそ俺は潜在犯なのかも知れない。それとも、潜在犯になってしまったからこんな風に感じるのか。この感じは知っている。ニワトリと卵だ。

ニワトリ。卵。どちらが先か。

少なくとも、シビュラシステムは卵が先だと言っている。

この場合はニワトリか？

縢秀星《かがりしゅうせい》は頭の片隅で僅かに思考しながら、周囲を見やる。

夜間とは言え、それにしても薄暗さが印象深い場所だった。

それなりの広さの通りであるはずなのに、独特の閉塞感がある。

清潔が保たれた都内のイメージとは対称的な不潔の園。

やけに華やかな電飾に照らされた路面では、雨水だか油だか排水だか汚水だか判然としない水溜まりが路地のあちこちに見え隠れして、浮浪者たちが壁や閉ざされたシャッターの脇で寝転がり、壊れた電化製品なりが見上げるほどに積み上がって大きな陰を作っている。ゴミ溜めだ。それでも表通りはまだ商店なり屋台なりがあれこれと見えていて、人通りもあって、そこそこ「街」の体裁を保ってはいるが、路地裏を見れば、街頭スキャナに掛ければ如何にも濁った色相が検出されそうな風体の連中が、非合法あるいは脱法のドラッグなり何なりを取引している姿が仄見える。

まっとうな「健康な市民」の存在を想定していない、独特の空間。

廃棄区画。スラムキューブとも。

都内のあちこちに点在し、公式には無人とされている区画の総称だ。

無人であるのだから街頭スキャナも存在していないし、ドローンの類もうろついていない。けれど実際のところは、こうしてそれなりの数の人間が息を潜めながら暮らしている。

こんな時代でも秘密の場所を見付け出す人間というものは一定数存在するらしく、シビュラの導く社会に馴染めない類の人々のるつぼとなっているのだとか。

不潔で、汚くて、誰も彼もが目を向けない暗がりの場所。

例えばそう、口うるさい上司《ガミガミメガネ》であれば耐えきれないだろう。

ほら。如何にも嫌そうな顔をして、今にもそれを口にする。

「……まったく。いつ来ても、信じ難い不衛生さだな」

これ見よがしに綺麗なハンカチで口元を覆ったりしないだけ、根性があると言えばあると言うか、流石は潜在犯たる執行官《自分たち》を統率する監視官《飼い主》だけあると言うべきか。

　不満を口にした宜野座《ぎのざ》をどうやってからかおう。縢は少し考える。

　そうしていると、隣の狡噛《こうがみ》に先手を取られた。

「護送車へ戻っていてもいいぞ、ギノ。ここは俺と縢で十分だろう」

「そうっすよ、コウちゃんの言う通り！」ここは乗っておこう。「廃棄区画は俺たちの庭みたいなもンなんすから、ちゃっちゃと行って潜在犯見付けてきますって。特に品川《ここ》の廃棄区画なら、俺だって前に征陸《まさおか》のとっつぁんからレクチャー受けてんだし」

「判断するのは俺だ。追跡中の私語は慎め、縢並びに狡噛」

「えー。いやいや、ギノさんが始めた私語っすよ、これ。そうっしょ？」

「……」

　無言で、眼鏡をかちゃりと押し上げる宜野座。

　これ以上からかうのは止めておこう。

　彼の言う通り、確かに、現在の自分たちはまさしく仕事中。

　今回は、潜在犯がここへ逃げ込んだ——と言うよりは、廃棄区画に隠れ住んでいた潜在犯がわざわざ通常の市街地に姿を見せて、廃棄区画へ戻って行った、というのが正しい表現なのか。ともかく、サイコ＝パスの濁りきったそいつの色相が街頭スキャナに引っ掛かって、こうして一係の出動と相成った。

品川の臨海廃棄区画に隠れた潜在犯の追跡と確保。

それが、今日の自分の仕事内容《ゲーム》だ。

縢は、執行官という仕事を楽しむことにしていた。

だから、ゲーム、と敢えて捉えている。

配属初日に面白いものを味わってしまったから？

それもあるかも知れない。ただ、実のところ、多種多様な潜在犯を見つけ出して追跡、そしてしかる後に執行——というのは、実に、スリリングなゲーム内容に他ならないと感じられるのも事実ではあった。

だから、ゲーム。

やるからには楽しもう。

いつかの、狡噛の言葉を思い出す。

『執行官の仕事は楽しいぜ。縢』

一語一句正確に思い出せる。あの日、あの時のことは忘れる訳がない。執行官として着任して間もない頃、一係の中で最も厄介と思しい相手を早々にシメておこう、そうして好き勝手やれる環境でも整えておこう、と——隔離施設時代の経験に導かれるままに狡噛をトレーニングルームに呼びつけて、スパーリングを言い訳に潰してやろうとしたところ、見事に右腕をへし折られた。

あの激痛と、紫煙をくゆらせながら親しげに掛けられた彼の言葉は忘れない。

あれのお陰で、こうして執行官として一年以上も無事に暮らしている。あそこで調子に乗ってでもいたら、いずれかの現場で死んでいたかも知れない。自分より強い奴が世間にはいて、信用できる相手、信頼しても良さそうな相手も中にはいる、と身を以て学習したお陰だ。

ちらり、と歩きながら狡噛の横顔を見る。

（腕、折るのはやり過ぎだと思うけど。……ああ、でも俺も肋骨折ってやったっけ）

何にせよ。

狡噛の言う通り、執行官の仕事は楽しい。

楽しめている。こんなに本気になれるゲームは、なかなか他にはない。

（……ゲーム、とハッキリ言い切ると何か違うんだけどさ）

視線を周囲へ戻しながら、自分の思考に自分で返答してみる。

ゲーム。そういう実感はある。

それでもやはり、これはあくまで仕事でもあるのだ。

仕事でなければ、廃棄区画にこうして立ち入ることも自分には許されない。

私用で執行官である自分たちが外をうろつくのは極めて難しい。監視官の同伴でもなければ、なかなか実現しない。それでも、一年以上になる執行官としての生活の中で、縢は何度か勤務外のオフの時間に廃棄区画へ足を運ぶ機会があった。

　理由は――

　こうして漂ってくる匂いに関係している。

　排水の匂い？　違う。

　黴びた匂い？　違う。

　不衛生も確かに廃棄区画に付きものではある。だが、それとは異なる付きものも存在しているのだ。視界の端にちらりと映る、年代物と思しき移動式の屋台、薄汚れた貨物運搬ケースの上に置かれたコンロと鉄板、元は工場か何かの機械の一部であったらしきものを加工して作られた無骨な蒸し器、等々。

　独特の食文化。

　理路整然として清潔な都内の多くとは違う、雑然として不潔で薄暗い街並みではあるものの、自動調理機《オートサーバ》に依らない『料理』の匂いが路地に漂ってくるのは、廃棄区画ならではの事象ではあって。そう。付きもの、だ。

（そういや、あのねーちゃんの前の店も、廃棄区画の近くだったっけか）

　自分にとってのある意味での「先生」のことを思いかけて――

　慌てて思考を一時中止。

　これでは、私語をするよりたちが悪い。意識のすべてを周辺観察に対して傾ける。そうだ、現在は仕事中。逃げる誰かを追い掛ける、ああ、今更ながらにして思えばこの一年と数ヶ月の間で自分が最も得意とする分野の仕事。獲物を追跡して追い詰める、猟犬としての自分の性能を最大に発揮するゲーム。

（……やっぱ、ゲーム。かな）

注意深く周囲の状況を把握しながら進む。

追跡。それこそ、猟犬のまさしく本領発揮なのだから。

廃棄区画には街頭スキャナもなく、専用の中継機も設置されていないためドローンも配備されていない。潜在犯に逃げ込まれれば、こうして脚で情報を得るしかない。そこで頼りになるのが、自分たち執行官の思考と経験。理論的ではないと宜野座あたりには嫌がられるが、勘、も重要だろう。

潜在犯のことは潜在犯が一番よく分かる、というアレだ。

しかし。この品川の臨海廃棄区画は比較的、都内でも広い部類の廃棄区画として数えられている。流石にすぐには見付からないか？　本格的な聞き込みが必要かも知れない。

「思うんスけど」

周囲に潜在犯の影はなし、と確認した直後。

縢はぽつりと呟いてみる。

いちから住人たちに聞き込んで糸を辿るのは面倒だ――

思ったままを、そのまま口にする。

「いい加減、情報屋でも雇いましょうよ。比較的信用できそうなホームレスを何人か選んで、あらかじめ鼻薬嗅がせたりして……だから、えーとあれっすよ、とっつぁんみたいに個人的に顔が利く相手を用意するっていうか」

「信用できるホームレスなど存在しない」宜野座は取り合ってくれない。予想通り。

「比較的、って言ったじゃないスか」

「情報屋か。悪くない考えだな」

狡噛は感心したように頷いている。

やはり、同じように考えてくれたらしい。

「だろ？　コウちゃんなら分かってくれると思ったよ。どう考えたって、毎回いちから知らねー誰かと一時的な関係構築して信用度を測りつつ情報引き出して、ってんじゃもーすんげー時間が掛かるじゃん？」

ああ、これは言わないほうが良かったな。

案の定、眼鏡越しに宜野座から睨まれてしまった。

2

結局のところ――

滕と狡噛で、二手に分かれることになった。

昨年秋の単独行動の際のトラブルのこともあって、宜野座からはうるさく言われたものの、ただのお小言。うるさいだけだ。こちらだけ定時連絡の縛りが厳しいのは面倒だと不満を言ったが、取り合って貰えなかった。

まあいい。

監視官としての宜野座の気持ちは分からないではない。絶対に有り得ないことなので仮定するのも莫迦莫迦しいが、滕自身がもしも監視官であれば、面倒を起こした猟犬を放つ時は、同じ面倒を起こさせないようにと留意するだろう。

(せいぜい、ご主人さまを落胆させないようにしねーとな、ほんと)

逆に言えば、だ。

今回で実績を作ればまた信用度もそれなりに上がる筈。

どうだろう。あの眼鏡が、一度落とした株を上げるようなことをするか？

そう考えかけて、思考を打ち切る。やるべきことに集中しよう。全身を猟犬として稼働させよう。犬が匂いを嗅ぎ分ける代わりに、自分は、この口と舌で痕跡を掴み取る。

――聞き込み。と、俗に言うものだ。

「ちょっといいかな。聞きたいコトがあんだけど」

これが基本。

なるべく、相手を刺激しないように。

「あー逃げないで逃げないで、逃げると、あんたにドミネーター《こいつ》を向けることになっちまうから。あーだから逃げんなっての！　はいはい、どうどう落ち着いてー。……落ち着いた？　よしよし、じゃあ、深呼吸して。口開いて。吸ってー、吐いてー。落ち着いた？　よし、じゃあ手短に終わらせよう。俺もさ、面倒は嫌なんだ、情報が欲しいだけで。あんたも面倒なのは嫌だろ？」

これが大体の場合の、とても長い二の句。

こういうのは征陸が実に上手い。相手との距離感をあっという間に縮めて、言葉巧みに情報を引き出す。我気付かずに隠したいことをぺろりと口にしてしまう、という事故のようなものを導いてみせる技術は、流石、年季を重ねたことによる実力か。

狡噛も上手いと言えば、上手いだろう。相手が目当ての情報を持っているか持っていないかの判断に優れる上、いざ情報を持っている、と分かった相手には容赦がない。征陸もやる時はやる男の類だが、狡噛は凄まじい。

六合塚《くにづか》はそれなりと言ったところ。正直、縢のほうが腕は上かも知れなかった。

「——コイツを探してんだ。どっかで見たことねーかな？」

ひとりひとり、同じ言葉を告げて回る。

正確には、相手によって多少ニュアンスや言い回しを変えて。聞き込み相手はひとりひとり別の人間である以上、予想される人格や気風の類に併せるのが効率的だ。これが、工夫のし甲斐があって楽しいのと同時に、とても面倒な作業でもある。

有り体に言って気を遣う。

何せ、聞き込む相手は多種多様だ。

長時間座り込んでいるであろうホームレス、人通りの多い場所で屋台をやっている人間、顔役じみた立ち居振る舞いの無骨な男、街角に立つ若い女、等々。ひとりひとり、聞いて回る。昔ながらの刑事の捜査方法なのだと征陸は以前言っていた。本来は人員なり時間なりを費やして初めて効果の上がる方法だと聞くものの、まあ、仕方がない。こうしてじっくりやるしかない。人員不足は公安局刑事課の常だとか。

確かに、監視官一名に執行官四名というのはいかにもバランスに欠く。補充の監視官がやって来たこともあったものの、すぐに潜在犯の仲間入り、という顛末だったそうで、相も変わらずこうして人手不足のままだ。

何にせよ、打てる手を打つまでだ——

「お、お、俺ぁ色相濁っちゃいねえんだ、だから勘弁してくれえ、何もしちゃいねえ」

ホームレス。

駄目だ。外れ。

色相はきっと相当に濁ってるだろうが、放っておく。今日の仕事相手じゃない。

「へいらっしゃい、串焼き安いよ。おっと、何の肉を焼いてるかは聞かないほうがいいぜえ。ともかくウマい。オートサーバじゃ出せない味だぜ！　それとも、ああ、こっちの肉まんにするかい兄さん！」

屋台の呼び込み。

これも。外れ。

串焼きは一本いただいておく。雑な上に何かの刺激物で変な風に舌がぴりぴりと痺れる危険な味わいだが、まあ、そこまで悪くない。

「ここらじゃ見ねえ顔だな。何だてめえ。何だてめえって言ってんだよ、あァ！？」

無骨な大男。

おや。随分と攻撃的な？

何かのドラッグでもキメてるのか。

それとも、こちらの見せたホロ映像――潜在犯と思しき長身長髪のパーカー姿――に心当たりでもあるのか。攻撃的反応には、それなりの対処をするまでだ。相手の威嚇の言葉が終わらないうちに間合いを詰めて、鳩尾《みぞおち》に拳を叩き込む。くの字になったところに、膝を顔面に当てて、おしまい。

鼻血を流してノックアウトした男の襟首を掴んで揺さぶる。

「……西の、海のすぐ近くの裏路地に、女がいる。そいつと一緒にいるのを見たことがあるだけだ、お、俺は、それ以上はなにも知らねえ」

怪しい。勘がそう言っている。

なので、何度か殴ってみる。前世紀の古い映画を真似して、中国拳法にある追撃のような型で断続的に、男の顔を殴る。殴る。殴る。

「ありゃ」

加減を間違えたらしい。男は敢えなく気絶してしまった。

目覚めるのを待つのも面倒なので、西の裏路地とやらに行ってみよう。男は――放っておいても、まあ、死なないようには殴った。

「あら、可愛い坊や。どこでする？　ここ？　それとも、外の綺麗なホテルにでも連れて行ってくれるのかしら」

完璧なまでのセールストーク。

如何にもこれは駄目だ。

ホロ画像を見せても「なにそれ」という素直な瞳の色。外れだ。別の女か？

「……あたしは何も知らないわ」

これは――

幸運にも、六人目で当たりを引いた。廃棄区画の外の街路ではまず見掛けない、先刻の女と同じくホロも纏っていない薄着姿の若い女。いや、化粧で若く見せているのか。

女はあまり殴りたくないので、二の句の出番。迷うような瞳が返答だった。ドミネーターをちらつかせてやると、その女は吐き捨てるように「わかった」と言って、ある一点を指さした。海沿いに建っていると思しき雑居ビル。そこが、ホロ画像に映ったパーカー男の居場所《ヤサ》らしい。

速やかに手首の腕輪からホロインターフェースを展開させて、宜野座へと連絡する。

こちらハウンド・フォー。対象の潜伏先と思しき情報を入手。位置情報も即送信。

『よくやった、縢』

珍しく、お褒めの言葉があった。

おやおや。今日のご主人さまは優しいか?

『直ちに情報を確認して潜伏先を確定しろ。ただし、単独での接触は避けるように。確定し次第、狡噛《ハウンド・スリー》と俺も合流する』

「へーい。極力そうしまっす」

3

海沿いに建てられて、今や潮風に朽ちかけた雑居ビル。

周囲には倉庫の姿が多い。かつては港湾地区の倉庫街として機能していたのだろう。

そこが、路地裏の女から聞き出した潜在犯の根城と思しい場所だった。潜在犯。街頭スキャナの撮影記録によれば、長身で長髪の人物。

女の話では、奴はこのビルの地下室に住み着いているらしい。

廃棄区画へ足を踏み入れるよりも前にデバイスにダウンロードしておいた過去のマップデータを参照しつつ、縢は雑居ビルへと入る。ひび割れて半ば砕けたドアはないも同然だ。暗がりの一階廊下がぽっかりと口を開けていた。

足音を立てないようにするりと侵入する。

エレベーターは死んでいた。

脇の階段を確認。上階への階段と、地下への階段。選ぶのは当然、地下へのそれだ。

慎重に、息を殺しつつ階段を下りていく。念のため、仕掛け罠の類も警戒。追われているると自覚があるかどうかは不明だが、追跡を認識した潜在犯は、何かしらの対策を施していることも少なくない。それに何より、反射的に膝は暗がりに対して警戒心を抱く。恐らくは、旧渋谷川暗渠での出来事が教訓となっているのだろう。

敵対者の領域では神経を研ぎ澄ませろ。

一撃でこちらの命を奪う罠が仕掛けられている可能性は、いつだって否定できない。

地下一階へと下りる。廊下もやはり、暗がりだ。携帯照明を取り出したいところだが、ここは敢えて我慢しておこう。非常灯の緑色の明かりがある分、完全な暗闇でもない。罠の類はかなり感知しにくいが、移動であれば十二分に足りる光源だ。

(低光量ゴーグルとか、支給してくんねーかなぁ)

これがFPSのゲームの類なら、ボタンひとつで視界の切り替えが利くものを。

もしくは、征陸の左腕のように眼を機械製に置き換えるとか?

今時の義眼であれば、低光量視野程度の機能も可能だろうし、悪くないかも知れない。

(部屋は、一室だけか?)

廊下をゆっくりと警戒しながら進んで、確認できたのは、トイレへの扉と部屋への扉がひとつきり。部屋ひとつきりの地下階。それほど広くない雑居ビルではあるから、フロアごとに大部屋がひとつのオフィス・ビルだとしても不思議ではないか。

（……人がいる、って感じじゃないんだよな）

獲物の気配を感じない。

部屋への扉から、明かりが漏れたりもしていない。

（無人？　外れか？）

そっとドアノブに手を掛ける。

ゆっくりと、音を立てないよう注意しながらノブを回して——ほんの少しだけ、ドアを開く。僅かな隙間から中の様子を覗う。暗い。真っ暗だ。やはり人の気配はない。聴覚に意識を集中させても、人間の動作を示す衣擦れの音や、息遣いの類も確認できない。

外れを掴まされたか。

嘘を言われた、とは先刻の女からは感じなかったが。

ドアを開き、身体を滑り込ませる。音もなく。部屋の中は暗い——

と。

刹那、視界に光が飛び込んでくる！

「！」

一斉に照明が付いていた。真っ暗な室内の様子が瞬時に露わになる。

視界をまず埋め尽くしたのは、本。本。本。本の群れだ。

無数の本棚がそこにはあった。それだけではない。さまざまなものがある。天井や、本棚のない部分の壁に飾られているのは額縁に飾られた絵画や、見たこともない古びたポスター類。本棚と本棚の間には、何かの機械がある。自動操縦機の付いていない車輌。恐らくは前世紀の遺物であるところの自動二輪《オートバイ》か。

それと、音だ。

何処からか流れてくる演奏データらしき旋律が、自然と耳に入ってくる。

「……何だ、こりゃ」

思わず、口にしていた。

警戒心が緩んでいた。

視界に入るものを、耳に飛び込むものを、縢は唖然となって受け止めていた。だから反応が遅れてしまった。部屋の片隅にあるベッドに、何者かが横たわっていることに、即座には気付くことがなかった。

あろうことか。

声を掛けられて、初めて、その存在に気付く始末だ。

「やっと来たか」

枯れた声だった。

咄嗟に、縢はドミネーターを向ける。

「ようこそ、冒険者よ」

枯れた姿だった。

見るからに具合が良くないといった青ざめた顔色の人間が、ベッドの上にいる。

「私は魔術師。失われた魔法の数々を納めた宝物庫を守る門番《ゲートキーパー》だ」

「あ……？」

しかも、訳の分からないことを言っている。

既に黒色の拳銃《ドミネーター》は起動を終えている。いつもの起動画面は展開済みな上に、指向性音声も独特の平淡さでお決まりの文句を言い終えるところ。

『犯罪係数・アンダー一〇〇・執行対象ではありません』

犯罪係数九九。網膜投影された表示数値も、指向性音声の言葉を裏付けている。かなり高いどころか潜在犯すれすれの危うい数値ではあるが、それでも、一〇〇を超えてさえいなければまっとうな「健康な市民」だ。潜在犯ではない。

『トリガーをロックします』

「ありゃ？」

何だ――

潜在犯、ではない？

どういうことだ。人違いか。ベッドの上のやつれた男。そう、男だ。背格好で言えば街頭スキャナに引っ掛かった奴とよく似ているが、こうして目にする実物はひどくやつれ果てている。スキャナの記録映像では、こんな印象は特になかった筈だが。

「ああん？」

「私の色相はクリアだし、犯罪係数も基準を超えてはいないはずだ。この部屋にいると、落ち着くんだよ。きみにも、そういう場所はひとつくらいあるだろう」

「ねえよ」

執行官宿舎の自室のことを思い浮かべたものの、言ってやる筋合いはない。

ともあれ、抵抗の素振りはなかったし、危険な感じもなかった。そもそも、この門番とやらはベッドに横たわったまま僅かに震えている。顔色も、いかにもメディカルケアが必要そうなほどに青ざめている。むしろ、青を通り越して白い。

パラライザーをぶち当てただけで絶命しそうな顔色だ。

「……具合、悪そうだな。あんた」

「撃たんのか」

「俺の決めることじゃねえの。シビュラはあんたを許す、とさ」肩を竦めて、ドミネーターの銃口を男から外す。「で、こりゃ何だ？」

顎で、地下室を示す。

無数の本棚。

自動操縦機の付いていない自動二輪。

自然と耳に入ってくる、聞き慣れない音楽。壁に飾られた絵やポスター類にしてもそうだ。意識せずとも、勝手にこうして視界に飛び込んでくる。

「文化だよ」

呟き込みながら男は言う。

「私は門番であり、文化の伝承者でもある」

「御託はいいんだよ。こりゃ一体何なんだってあんたに言ってんの、俺は」

「結論ばかりをそう急ぐものではないよ。物事には過程があるし、過程というものは実に重要だ。人の営みというのは、結論、結果のみを重視すべきではないと私は考える。とは言え、結論も時には役に立つ。混乱する若者を諭す時などは、特にだ」

「だーから、あんたさァ」

はぐらかすな。

そう、視線で威嚇してみる。

大して効果はなかった。ゆるやかに首を振って、男は静かに言葉を告げてくる。

「認められざる芸術――シビュラによって、そう定められた文化が大半だ。尤《もっと》も、ここに納められたもののすべてがそうではないがね」

「へえ……」

秘密の地下室。か。

非公認芸術を例えば「宝」と見なすなら、確かに、ここは宝物庫に違いない。

「シビュラ公認の芸術家さま、って訳じゃあないんだな」

「残念ながらね」

「潜在犯じゃあないみたいだが、えーと、何だ。法令違反の現行犯ってか、昔なら。なんつったっけ、思想犯、だっけか？」

返答はなかった。

こういう場合、自分のすることはない。裁くのは銃だ。ドミネーターだ。いつだって、オンラインで繋がったシビュラシステムがすべてを決める。執行対象ではない一市民に対して、ドミネーターを運んで引き金を引くだけの猟犬にはできることがない。

非公認芸術をこれだけ溜め込んでいるのだから、まあ、報告すれば何処かの省庁なりが本なり何なりを回収はするだろう。それで終わりだ。

この男は裁かれない。

犯罪係数が一〇〇を超えなければ、それは「健康な市民」なのだから。

「ったく。くたびれもうけの何とかだって、これじゃあさ」

宜野座たちに連絡すべきか。

当たりだけれど外れでした、とでも——

（あーもう。莫迦みたいじゃね、これって。俺たち）

唇を尖らせつつ。

本棚のひとつに近付いて、書籍の背表紙を睨み付ける。

ドストエフスキーの『悪霊』。書名は知らないが、著者名は見覚えがある。

隣には、J・D・サリンジャー。更にはウィリアム・ギブスン、フィリップ・K・ディック、ジョージ・オーウェル。

それに、ルイス・キャロル。

どれも朕にとっては馴染みの薄い名前だった。

聞き覚えがあるような、ないような。そもそもいつ頃の作家だろうか。初版年数を確かめてみるべく、本を手に取って、ぱらぱらとめくる。

「……へえ。すっげーじゃん。何世紀も前の紙の本なんて、よく残ってるもンだ」

「それらは小説として優れた作品たちだが、現代では違った意味合いを持つ」

「何だそれ」

「わからんかね」

男は、ひどく呟き込みながら言葉を続ける。

「すなわち、予言だよ」

予言？

内心で首を傾げつつ――

肉体の動作をぴたりと膝は止めていた。

目にしたからだ。何気なく開いただけの『不思議の国のアリス』の奥付に、見覚えのあるものが描き込まれているのを。

それは、奇妙な模様だった。

地下迷宮、最奥の大扉に刻まれていたものと、同じ。

閉ざされたシャッターに描かれていたものと、同じ。

英語の「G」をねじ曲げたかのような、流石に、もう忘れる筈もない模様。

（おいおい、三度目ってか）

直感的に理解しながら、視線をベッドの上の男に向ける。

青白い顔。年齢の頃は四〇とか五〇とか。

違う。ああ、そうか、こいつじゃないのか。

「……街頭スキャナに引っかかったの。あんたじゃ、ないな？」

と――

唐突に、部屋の中に明確な存在感が生まれる。

本棚の向こう。第三者。今の今まで完全に気配を遮断していた、ということか。

鋭く、視線と同時にドミネーターをそいつへ向ける。コンマ二秒遅い。ポスターが貼り付けられた壁がぱかりと左右に開いて、猛烈な勢いでそいつが飛び込む。隠し扉の仕掛けだ。駆け抜ける足音が響く。

「……ッ」

短く、縢は息を吐く。

この現状。正直に言って何が何だか分からない。

何故、同じ模様なのか。

何を、奴が考えているのか。

だが。この瞬間、縢は、自己の行動に対して一切迷うことがなかった。

奴は逃げるつもりだ。

なら、猟犬であるところの自分が選ぶべきものはたったひとつしかない。

即座に。反射的に。冷静に。

縢秀星は、逃走する目標の追跡を開始する。

4

隠し扉から、隠し通路。隠し階段へ。

壁の向こうには大層なものが待ち構えていた。

非常灯が設置された薄暗くもそこそこ視界の通る通路。この時、膝の中で働いたのは勘と同時に確かな経験だった。足下。注意する。ああ、ご丁寧に仕掛けられている。低位置の罠。見覚えのある仕掛け罠《トラップ》！

張られた糸を踏み抜けば即座に山刀が振り下ろされる罠。酸が降り注ぐ罠。足首を狙った鋭い鋼線。床から垂直に置かれた短い刃。それと、虎挟み。どれもこれも旧渋谷川暗渠で目にした前時代的な罠ばかり。まともに喰らえば致命傷になりかねない罠の数々。

忘れる筈もない。

再度、こういった罠に遭遇した場合にはどうすべきか、と考えたくらいだ。当然回答は得ている。伸縮式の指示棒。多くの場合は大型モニターと併せて使用される、プレゼンやブリーフィングで用いるためのそれを伸ばして、罠を探る。射出式の罠が存在することも考えて、防御姿勢を取りながら――隠し扉へ飛び込む前に掴んでおいた分厚い本で急所を守って――罠を探しつつ前進。移動速度はがくんと落ちるが仕方がない。

「こちら、ハウンド・フォー。該当のビルで潜在犯を発見、現在追跡中！」

『接触したのか？　先に俺たちを呼べと……』

「極力、つったっしょ！　追跡続行しまっす。以上！」

簡潔に経緯を報告。罠を躱しながら「奴」を追う。

隠し通路を越えて、隠し階段を昇りきる。

長い。長い。結果的に階段に罠はなかったが、それにしても長すぎる階段だった。

やがて辿り着いたのは、屋上だ。

開放されたままの扉をくぐり抜けて、雑居ビル屋上へと出る。

ここへ来るまでにたっぷり五分以上は掛かった。逃げられたか、と半ばまで思っていたが杞憂だったらしい。

そこに「奴」はいた。

街頭スキャナに映った通りのパーカー姿。

屋上の端に佇んでいる。フードを目深に被っていて、はっきりとは顔が見えない。

「……追い掛け鬼は、終わりにしようや。罠野郎」

今度こそドミネーターを向ける。

網膜投影される照準やサイコ＝パス色相。

同時に、膝にだけ聞こえる指向性音声が響き渡る。

『犯罪係数・オーバー三〇〇・執行対象です』

三〇〇を超えている。網膜表示によれば、三一九。

それはつまり、対象となる潜在犯の更正コストが公共の利益に見合わないと判定される数値に他ならない。有り体に言えば、抹殺すべき、ということだ。「健康な市民」の暮らすこの社会には不要な存在であるということ。

シビュラシステムの判定。決して覆ることのない、絶対の、死の宣告。

『執行モード・リーサル・エリミネーター・慎重に照準を定め・対象を排除して下さい』

黒色の拳銃が自動変形する。

装甲が展開し、放熱板や電磁波射出装置が広がる。

大型拳銃風の外観から、ドミネーターは、削岩機を思わせる外観へと変わっていた。

「お前、誰だ」

静かに告げる。

本来、それは不必要な行為のはずだった。

ドミネーターの執行モード決定。速やかに引き金を絞るのが、執行官の使命。猟犬として獲物を追い詰めた後には、シビュラシステムの下した判定を直ちに執行する、文字通りにそれこそが自分たちの仕事なのだから。

けれど。縢は唇を開いていた。声を出していた。質問していた。

妙な予感があったのだ。

「お前……」

二度目の言葉が告げられる。

ほぼ同時に、パーカーの人物は見覚えのある仕草をしてみせた。

指を二本――

人差し指と中指を立てて、くい、くい、と二度折り曲げて。やろうぜ、という挑発のジェスチャー。そういうものは人差し指だけでやるのだろうに、わざわざ――

「はは。ンだそりゃ、偶然にしちゃ……」

できすぎ、って奴だろ。言葉をごくりと呑み込む。

夜の暗がりとパーカーのせいで、やはり、顔は見えない。

見えないから何だ。

見えたから、どうだっていうんだ。

迷うな。獲物を前にして舌なめずりなんて行為は二流以下、三流のすることだ。自分のすべきことを間違えるな。ゲームであろうと、仕事であろうと。やるべきことをやる。そうだ。犯罪係数三〇〇オーバー。判断を下すのはお前じゃないだろう、縢秀星。もう判断は下されている。執行モード・エリミネーター。こいつは殺されるべき人間だ。

そうとも。

いつか、お前がそうされたように。

社会から切り離してやるべき奴だ。

それでも。脳裏の何処かに、ひとりでに浮かんでくるものがある。


更正施設。誕生日。七歳。向かいの部屋の少年——


違う。

違う。

有り得ない。そんなことは起こり得ない。外に出られる訳がない。事実、あの少年は外には出られなかったのだから。同じ部屋には戻らなかったから、別の部屋か、別の、もっと厳重な隔離施設か何処かに送られたか。もしくは——殺処分、だ。潜在犯として一度社会から弾かれてしまった人間は、二度と、外の空気を吸うことはない。更正プログラムが正常にすべて終了して色相がクリアになれば、きっと出られる、なんて言葉はただのおためごかしだ。

だから。

この予感は間違いなのだ。

こいつが同じ仕草をしたのも、偶然の類だ。

有り得ない。

パーカーを被った何者か。こうして噛み殺される直前の獲物。何度も滕に対して奇妙な模様を見せつけた——正確なところは分からない。だが、そうとしか思えない——謎めいた誰か。犯罪係数三二九。紛うことなき執行対象。

「……ッ」

息を吐いて、滕は引き金を絞る。

瞬間。

パーカーの人物は姿を消した。

ドミネーターから放出される集中電磁波に肉体を沸騰させられて、跡形もなく——

違う。違う。手応えがない。それでも「奴」は消えていた。落ちたのだ。滕が引き金を絞る刹那の間に、屋上の端から、地上へと。舌打ちしながら滕は走り、直前まで「奴」が立っていた場所から地上へと目を向ける。当然、ドミネーターを構えながら。

いない。誰の姿も見えない。夜の暗がりのせいか？

目を凝らしても見付からない。

半ば朽ちかけて荒れたアスファルトの上には大きな血溜まりがあって、それは、そのまま数メートル先にある夜の海へと続いていた。

血痕から予想される出血は致死量にほど近い。

夜の東京湾へと落ちたのであれば、まず、助かる見込みはないだろう。

ただ、死体が上がるかどうかは分からない。


「……糞ッ」

5

好きになれない空気だった。

ベッドの男は、見るからに先刻よりも衰弱していた。

屋上から続く長い長い隠し階段を下った先、やっと戻った地下室には、独特の嫌な空気がたっぷりと充満していた。匂い、とは違う。肌で感じ取れる触覚とも違う。だからこの場合は、嫌な空気としか膝には表現できない。

死だ。

嫌な感じ。

誰かが死ぬ時の、あの感じ。

殺しでも病死でも何でも同じだ。

それまで動いて喋っていた誰かが、二度と喋らなくなる感じ。初めてこれを味わったのがいつだったのか、覚えているがわざわざ思い出す気にもなれない。第一、執行官になってから何度でも遭遇してきたものだ。

嫌な空気。無論、それを生み出しているのは、ベッドに横たわるあの男だ。

朦が見つめる中で、男の灯が薄れていくのが分かる。

寿命か、疾病か。もしくは自害でも試みたのか？

何にせよ、この男は死んでいく途中だ。

「あんた、死ぬのか」

問い掛ける。

他にも聞きたいことはある。

屋上のあいつ。飛び降りて、血痕だけを残したあいつは誰だ。それを問う前にこう言ってしまったのは、きっと、横たわる男の瞳があまりに穏やかだったせいだ。柄にもなく雰囲気に飲まれた。

こういう風に問われたいんだろうな、と思うがままに言葉を述べた。

すると、男はゆっくりと頷いて。

「そうだ。私はもう長くない。故に、誰かに、此処を継いで欲しかった」

掠れた声だった。

冷ややかに、滕は応える。

「……死んだぜ、その誰かさん。屋上から落ちて死にやがった」

「構わないさ。死んでしまうのなら、それは、それまでのことだ。だが、きみがいる」

「は？」意味が分からない。

「きみが目にすれば、此処の何かひとつくらいは、きみの心に刻まれる」

「なんだよそりゃ」

既に、よく覚えていない。突然の追跡による興奮状態のためだろう。直前に自分が何を見ていたのか、正直なところ殆ど思い出せない。不思議の何とか、ぐらいしかもう短期記憶には残されていない気がする。

男のもたらす言葉に対して、一切の実感が湧かない。

現実感。

そういうものが、この瞬間の滕の意識からは抜け落ちていた。

部屋の印象が薄かった？

男の死の気配がすべてを奪い去った？

違う。今も脳裏に浮かぶ幾つかの記憶のせいだ。やけに明るい施設の室内。独特の、あのジェスチャー。交わされた言葉のないゲーム。最後のゲーム。地下。パーカー。残った大量の血痕。アリスは地下へ落ちて行ったんだ。

ああ、そうだ、不思議の国のアリス。だったか——

「あいつ、誰だ。あんたの家族なのか？」

再度の問い掛けに返答はない。

無音の静寂が、地下室に満ち始めていた。

ベッドの上で。死体の貌は、小さく微笑んだ形のままで固まっていた。

滕秀星は、笑わずにそれを見つめる。

6

公安局局長
壬生　壌宗　殿

公安局刑事課一係監視官
宜野座　伸元　印

捜査報告書

二一一二年三月一日（火）に発生した、障害未遂事件、殺人未遂事件につきまして、下記申し上げます。

記

事件発生日時：　二一一二年三月一日（火）　午後九時
捜査場所：　東京都品川区臨海廃棄区画
被疑者：　不明

捜査事項
1．発生の経緯
二一一二年三月一日（火）午後六時頃、品川区南部のエリアストレスが上昇。ほぼ同時刻、街頭スキャナにて潜在犯と思しき色相悪化の人物を感知。直ちに一係が捜査開始。

同日午後九時頃、品川区臨海廃棄区画にて、潜在犯を追跡する一係執行官・縢秀星に対する障害未遂事件、並びに殺人未遂事件が発生。

発生状況詳細は添付の分析官報告書を参照のこと。

2．事後の経緯
縢秀星は被疑者を追跡。

ドミネーターを使用、犯罪係数三二九を計測するも被疑者は六階屋上から落下。

被疑者の消息不明。

地上落下後、東京湾へ飛び込んだものと予想される。
落下地点の血痕量から鑑みて、海中にて被疑者は死亡したと思われる。
懸案事項、二点あり。
（過去の事件との類似点、及び非公認芸術品の大量蓄積。詳細は別紙を参照のこと）

〈 00 2113.02.05

〈 01 2097.12.10

〈 02 2110.10.13

〈 03 2111.10.02

〈 04 2112.03.01

〈 05 2113.01.23

〈 06 no data

1

公安局刑事課一係オフィスにて——

今日も、大型の三連換気扇《ファン》が延々と回り続けている。

自分も煙草を始めようか、と縢秀星《かがりしゅうせい》はオフィス・チェアの背もたれに体重を掛けながらぼんやりと考えてみる。狡噛《こうがみ》が吐き出す紫煙がファンに吸い込まれていくさまを見つめるのは嫌いではなかったし、思うに、こうして無為の時間を潰すにはもってこいだろう。

一応は、まだ勤務時間中。

報告書なり何なりの書類仕事をこなすのは面倒なので後回しにする、と決めると、特に事件もない今日などは、ただ椅子を温めているだけになる。オフィス・デスクに放ってある携帯型2Dゲーム機を触ろうにも、ダウンロードしたソフトはどれもこれも既にクリア済み。端的に言えば飽きた。新作の発売日が待ち遠しい。

そもそも、先々月から着任した新人監視官の女の子ならまだしも、うるさい眼鏡《ガミガミメガネ》の視界の中でゲーム機を弄って遊ぶのは気が引ける。絶対に怒られるし、早期提出が必須の反省文だかを書かされかねない。

膝のデスクの上には携帯ゲーム機の他、フィギュアが複数体立っている。有翼の単眼クリーチャー、草食恐竜、それからゾンビ。退屈なデスクワークのお供に立たせたものだが、これを弄って遊ぶのも、やはり宜野座《ぎのざ》が相手では気が引ける。

せいぜいが、フィギュアの脇の大瓶からゼリービーンズを取り出して口に含む程度。後はもう。やはり、ぼうっとファンを見つめるぐらいしかやることがない。

オフィスにいる自分以外の人間——宜野座と六合塚《くにづか》は話し相手にはどうにも不向きだから、何か軽口を叩いて会話を始めるのも気が向かない。

三連ファンを見つめる。

ぱっと見は、備え付けのディスプレイに表示された過去の事件のデータなりと睨めっこしている風に見えるよう偽装している。多分、宜野座にはばれているだろうけれど。

(煙草。始めてみっかなぁ。でも銘柄とか全然わかんねーな、俺)

「ヒマだなー」

おっと。

思わず、口から出ていた。

六合塚は無反応。よし。いつも通り。組むことが多い相手ではあるものの、どういうタイミングでこの女が反応を返して来るのかは未だに掴めない。だからと言って嫌いという訳でもない。自分に姉がいたとしたら、多分、こんな感じの距離感なのだろうし。

宜野座は——ああ、あからさまに不機嫌な視線が眼鏡越しに光っている。

「いやその、あれだ、俺たちがヒマってことはつまり市民の皆さまが安心して暮らせてるってことで、あーそりゃ結構なことだなーっていうのを短く言っただけっすよ。本当。誓って本当なんだから、ギノさん、そんなに怖い目で見ないで欲しいなー」

「縢」

「へい」

「先週の報告書の件だが」

しまった。

藪の蛇をつついたか、これは。

蛇が大きく口を開けているのが分かる。

今にも噛みつかれそうだ。あと数分もせずに定時明けというタイミング。もう少しで逃げ切れたというのに、眼鏡を掛けたガミガミヘビにがぶりとやられる。油断したこちらが悪いのか、と縢は諦めかける。

と。

「お疲れさん。六合塚、縢、交代だ」

「あ。とっつぁん！　それにコウちゃんも！」

捨てる神あれば何とやら。だ。

夜番の二名――征陸《まさおか》と狡噛がオフィスに姿を見せていた。ディスプレイの時計表示を咄嗟に確認すると、丁度ぴったり定時時間。やった。天は我に味方した。蛇に噛みつかれる寸前に逃げ出すことができそうだ。

「おつかれーっした」

うーんと伸びをしつつ椅子から立ち上がって。

六合塚と一緒に、征陸と狡噛へ正式な業務引き継ぎの言葉を交わして。

眼鏡を押し上げながら言葉の続きを述べようとする宜野座を半ば以上わざと無視しながら、さっさとオフィスから立ち去るとしよう。流石に後を追っては来ないだろう。何より、先月の事件で重傷を負って、快復の後に復帰して間もない狡噛のことが気になる筈だ。狡噛とは自分もあれこれ話したいことはあるが、今日のところは、残業を命じられるよりも先に帰ることに縢は決めた。

帰る。そうは言っても、さほど遠い場所ではない。

むしろ近い。近すぎると思う程に。何かあればすぐにオフィスへ集合できる距離。縢が帰る先は、公安局内の執行官隔離区画。執行官という身分はやはり潜在犯に他ならず、自由に公安局の外へ出て暮らすことは許されていない。

「そんじゃ、また明日！」

そう言って。

縢は、一係のオフィスを後にする。

執行官宿舎。割り当てられた私室。

ここは、世界で最も縢にとってくつろげる空間だ。

そうなるように作り上げたのだから、当然と言えば当然のことではある。ビリヤード台やピンボールといった前世紀やその前の世紀に流行したという古臭いゲーム筐体に、特注のバー・カウンター。所謂ゲーム・バーというやつを、やけに広い私室の中に再現してあるのだった。本格的な調理が可能なシステム・キッチンも備え付けている。

床に転がっているのは、オフィスに置いてあるのとは別機種の携帯ゲーム機やそのソフト類。当然ながら奥には大画面ディスプレイと、据え置き型のゲーム機も数種類。

執行官としての仕事に対して支払われる給与を、概ね、縢はこうやって自分のために費やしている。誰にも咎められることはない。

宿舎私室は、執行官にとって最大の「自由」が許される場所だった。

征陸のとっつぁんは絵を描いているし、六合塚は音楽を聴いてるらしい。狡噛の部屋へ入ったことはあまりないが、私的に体を鍛えたり調べ物をしたり、だとか。

縢の場合は、ゲームと——

料理。だ。

自動調理機《オートサーバ》なんて無粋な物は使わない、正真正銘、本物の料理。

2

苦労して入手したパプリカ粉をふんだんに使うのがコツだ。

ハンガリー料理というものは、このパプリカ粉を複数種類組み合わせることで、家庭それぞれの味を紡ぎ出すとか何とか。ハンガリーでは相当数の種類のパプリカがあるらしく、同じ味、というものは基本的に存在しないらしい。

もっとも、この二二世紀現在でどうなのかはよく分からない。

少なくとも朕が理解できるのは、この日本では、征陸に頼んで酒のついでの裏ルートで仕入れられるパプリカはせいぜい十種がいいところ、だということ。それでも組み合わせ次第で味わいは千差万別に変わってくる。

これが実に面白い。

例えば、今、こうやって私室のキッチンで作っている料理。グヤーシュと呼ばれる、スープやシチューの仲間。ハンガリーでいうところの味噌汁にあたる料理で、家庭の味を代表する料理だ。ネットの知識だが、元は羊飼いたちの食べるものだったらしい。

これを作る際、やはりパプリカ粉を使う。裏ルートだけあって輸入品の、値の張る天然食材の粉をふんだんに用いて、味を導いていく。

感覚的には金を振りかけているのに近い。

勿体ないとは微塵も思わない。使えば旨くなる。それこそ、味噌汁の出汁《だし》を思わせる深い味わいがもたらされる。だから使う。

「これこそ正しい金の使い方、本物の贅沢ってやつだよな」

角切りにした牛肉を大鍋で炒めて、パプリカ粉と水、塩と胡椒をかけて。パプリカ粉は火で味が変わってしまうので、ここでは必ず一旦火を止めるのが重要だ。それからある程度煮込んだ後、刻んだ野菜をたっぷり放り込む。本当は白ニンジンが欲しいところだが、生憎と入手困難なので普通のニンジンでここは我慢。

ことこと煮込んで、はい、出来上がり。

煮込み料理はそこそこ時間はかかるが簡単なのがいい。

逆に言えば、時間さえ費やせば必ず旨いものに仕上がってくれる。

「うまそ～♪　やっべ、この匂いヤバいな。腹減ってくる。我慢だ、我慢ガマン。せっかくいい酒用意したんだから、つまみ食いは駄目だ」

鋼の精神力で誘惑に耐える。

まだ、今夜の料理は始まったばかりなのだから。

深く染み渡る味わいを楽しみたい気分だったので、まずはこのグヤーシュ。他は、ネットで見付けたレシピに自分流のアレンジを加えた、酒のつまみになりそうな料理で攻めてみるとしよう。具体的には、焼き茄子のマリネに、アボカドと鮪《まぐろ》の和え物、に、オイルサーディンのチーズ焼き。

更には、廃棄区画で以前目にして興味を持った肉まんも。このためだけに専用の蒸し器を入手したのだから、使わなければ損だ。当然、皮から自家製。

それから――

とっておき。グヤーシュ以上に楽しみにしていた、料理の「先生」から教えて貰った特製のハンバーグ。これは最後に作るとしよう。熱々で食べるのが一番旨い。

どれもこれも、素材はすべて天然食材。ある筋の知人を通じて正式な形で入手し続けている、膝にとってのこだわりそのものだ。

「くーっ、この、肉の焼ける匂いと音！」

フライパンの上で焼き上げられていくハンバーグを見つめて、身を震わせる。

今でも克明に思い出せる。

初めて、天然食材の料理を口にした時のこと。その直前に、こうして匂いと音とを体験した時のこと。妙な匂いがする、と思ったものだ。調理の際の独特の臭気に慣れていなくて、つい、拒否感が湧き上がって。それでも不思議と、香ばしい匂いを嗅いで、フライパンの上で肉の脂が弾ける音を聞いて、あっという間に魅了されてしまった。

大袈裟なくらいに腹の虫が鳴ったのも覚えている。

征陸が連れて行ってくれたその店で、縢はそれに出会ったのだ。

本物の料理。征陸風に言うなら、本物のメシ。

「……よっし。焼き上がり、っと♪」

本日のメニュー。完成。

綺麗に皿に盛りつけて、テーブルの上に並べた料理の数々を前に、よしよし、と満足げに頷いてみせる縢である。と――ほぼ同時に、合成音の呼び鈴《チャイム》が鳴った。来客だ。

開いた扉をくぐって姿を見せたのは、小柄な女だ。少女、と呼んでもまだ充分に通るほどに若々しい。縢自身も若い方ではあるが、彼女はそれよりも若い。十九歳か、二〇歳だったか。それでも、シビュラシステムに認められた本物の上司には違いない。

そう。上司だ。二ケ月前に着任した一係監視官。

名前は、常守朱《つねもりあかね》。

「お邪魔します。――わ、いい匂い！」

「へへっ。そりゃそうだ。いらっしゃい、朱ちゃん。ぴったし、ナイスタイミングだ」

「そうなの？」

首を傾げる仕草も、少女っぽい。

そう言われて怒るか喜ぶかは分からないので、余計なことは口に出さない滕である。

「冷める前に食べて欲しい料理があんの。とっておきだぜ。所謂あれだ、ほっぺた落ちるってやつ。あいや、グロい意味じゃなくて、慣用的表現ね。オッケー?」

「オッケーだけど、ほっぺたは落ちないよね」

「落ちるから。マジで」

「落ちないだろうけど、でも楽しみ! 滕くんの料理、とっても美味しいから」

「そりゃあもう。今夜は特に腕を振るったんだぜ」

そう言いながら、テーブルへ朱を案内する。

この部屋に朱が来るのは四度目だ。前はすっかり呑み負けてしまったので、今度こそ大人の貫禄を見せたいという理由から、こうして夕食時に呼びつけたのだった。以前には朱から話があると押し掛けてきたのだから、今回はこっちの希望に付き合ってくれてもいいんじゃないか、と言ってみたらあっさり「いいよ」と返されて。

多少は警戒されるだろうか。

そう、思ったものの。

(俺、ぜんぜん警戒されてないなー。ま、そんだけ信用されてんのかね。それはそれで、まあ、嬉しいっちゃ嬉しいけど)

出会った頃。すなわち二ヶ月ほど前には、あまりに無垢で聖人君子じみた――というか、贅沢なことばかりを口にする――朱の言葉に反発して、八つ当たり紛いのきつい言葉を向けてしまったこともある。

正直言って、気に入らなかった。

自分と最も遠い場所にいる「健康な市民」そのものが、朱なのだと感じて。

けれど、今は、気にならない。まったくもって。出会いの際に抱いていた自動的な拒絶感がただの「喰わず嫌い」なのだと認識できたのは、いつだったか。縢は執行官として、朱は監視官として、幾つもの修羅場を互いに乗り越えた今では、常守朱がどういう人間なのかが何となく分かってきた気がする。

あくまで、何となく。

それで充分。どうせ、一係の他の人間に対しても似たようなものだ。

それで十分。一係の人間は嫌いじゃない。だから、朱のことも似たようなもの。

嫌いじゃない。

どちらかと言えば、そう、好きの部類だ――

「ん。またアルコール摂取するの、縢くん?」

テーブルの上に置いたワインに気付かれたらしい。

と言うか、酒を、と誘ったつもりだったが覚えていないのだろうか。

「駄目駄目。もっと雰囲気ある言い方しなって。アルコール摂取じゃなくて、酒を呑んで味わうの。飲酒。摂取、なんてカタい言葉じゃ趣《おもむき》ってもンがないじゃんか」

「そうかな」

「そうだってば。ともあれ、ほら、冷める前にどうぞ」

いただきます、と言って朱が料理に手を付ける。

まずは焼き茄子のマリネから。おいしい、と第一の反応。すぐに第二の反応、第三の反応が繰り広げられていく。どの料理も好評のようだ。

ああ、これはいい。

縢は今更ながらに感慨を得る。誰かに料理を振る舞って、おいしい、と反応が返ってくる時のこの手応え。一係の他の人間にしてもそう言えばそうだ。自分はどうやら、料理をして食べるだけではなく、誰かに自分の料理を味わって貰うのが嫌いではないらしい。

手酌で注いだワインを、一口。

旨い。

料理と同じかそれ以上に、明るい顔をして料理を口にする朱の反応がいい。

これは、そう、酒のつまみには最適な組み合わせなのかも知れない。

「おいしい！　このハンバーグ、すっごくおいしい。なんだろ、肉汁？　こんな風においしいのって、何だろう、いつぶりなのかな――」

「そりゃ良かった。なんたって自慢のハンバーグなんだ、それ」

「そうなんだ」

「ほら、この前、朱ちゃんも行ったたっしょ。あのねーちゃんとこの店。俺が無理言って連れてって貰った天然モノの料理店。あのひとはさ、俺の料理の先生な訳よ」

朱が最初にこの部屋へ来た時に、縢はひとつの意図を以て料理を出した。

潜在犯である自分は、自由な外出を禁じられている。ごく例外的に許可されるのは、監視官同伴での外出のみ。それを目論んだのだ。料理を気に入ったなら、もっと旨いものを出す店があるから、いつか一緒に行こう、と――

「あ。うん、覚えてる、あの人のお店だよね」朱は笑って「前にも食べたことある味かもって思ったの、そういうことだったんだ。すごいね、縢くん、先生とそっくりの味が出せるんだ」

「そっくり？」

驚いた。

自分ではまだまだ、と思っていたのに。いや。これは、朱の配慮かも知れない。

この娘が優しい子であることは、この二ヶ月で知っている。こちらのことを鑑みて、それぐらいのことは言ってくれるだろう、常守朱監視官という人間は。

「まだまだ足下にも及ばねーって。でも、サンキュ。褒めて貰えんのは嬉しーわ」

「そうだよ。すごいよ、縢くん」

そう言って、また笑う。

大したものだ――

そう、縢は内心で静かに思う。

朱の様子。まるで、何事もなかったかのように振る舞っている。

時折、ぴたりと動きが止まることがあるものの、ほんの短い瞬間で、気付くか気付かないか程度。以前と変わりないように見えるのは、きっと、そう努めているに違いない。感嘆に値する精神力ではあった。

この娘は、ほら、こうして笑ってみせるのだ。

先月、親友を目の前で失ったばかりの身であるのに。それどころか、事件の後に彼女が自ら進んで行ったモンタージュ作成、記憶内の視覚情報を脳波から読み取って映像化するメモリースクープ技術による「記憶の追体験」は、よほどの精神的ダメージであったことは想像に難くない。

それなのに――

(……すげーよ、あんた。朱ちゃん)

監視官として?

いいや、いいや違う。一箇の人間として。

朦が忌避する「健康な市民」であるかどうか、そんなものが気にならないほど、気にするのが莫迦莫迦しいほどに常守朱は、評価に値する。端的に言おう。すごい、と素直に感嘆の言葉が自然と浮かんでくる。

(だったら、俺も。変な風には気遣わないぜ。いつもみたいにあんたがそうして笑おうとすんなら、こっちも、ま、笑っとかないとな)

酒を呑むために呼びつけたというのは、実のところは嘘だ。

親友を失って、メモリースクープにまで挑んだ朱の様子が幾らか心配だった。明確にそう意識したつもりもないが、理由を突き詰めればどうしてもそこには行き当たる。けれど。

この笑顔には、相応しい態度で応えよう。

それに、潜在犯の自分が相手では人生相談なり悩み相談も止めた方がいい。

いつものように、適当に、適度に楽しく、話をするまでだ。ふと頭に浮かんだことをそのまま口にして。例えば、今、脳裏に浮かんだもの。

いつか見た地下室。無数の本棚。本の背表紙。タイトル。著者。

「そういや朱ちゃん、フィリップ・K・ディックって知ってる? ウィリアム・ギブスンとか、ジョージ・オーウェルでもいいけど」

「えっと――」

「大昔の小説家。あー、電子書籍化はされてんのかな。知らねーけど」

「そうなんだ」朱はデバイスを起動させかけた手を止めて「どんな本を書いたひとか、わかる？」

「そうだなァ」

ワイングラスを傾けながら記憶を探る。

あの男。病死だと聞いている、あの顔色の悪い男の言葉を思う。

「予言、って言ってた奴がいたな」

「予言？」

「よくわかんねーけど。読んでみたら、そういや、幾つか符号するトコはあったかな」

地下室で発見された大量の非公認芸術品。

押収されていった本のうちの数冊を、実は、縢はこっそりと私物化していた。実際にこれらの数冊が非公認芸術であるかはよく分からない。何せ、検索もしていないので、電子書籍として流通している可能性も十二分にある。とは言え、監視官である朱に「非公認かも」と正直に明かす訳にもいかないので、そこはぼかしながら話す。後から検索でもされて指摘されたら、名前を間違えた、とでも適当に誤魔化そう。

（そもそも、そんなに拙いもンかね。俺、読んで色相濁ったりしてんのか？　あ、元々濁りきってんだったわ）

本の内容を思い出す。

三人の作家が紡ぎ出した、架空の世界。未来の世界。年代的には二一世紀から振り返ると過去のものだったりするので、過去に予想された過去？

ややこしいが、要は、当時に描かれた未来世界。

それは純然たる創作であると同時に、社会風刺を込めた、ある種の——

「社会風刺云々は巻末の解説に書いてあったっけ。このままだと、世界はこんな風になるぞ、みたいな。いや、実際どうかは分かんねーけどさ」

「ううん、なんとなく分かった」

「そっか？」

「ある種の未来予想なんでしょう？　だから、予言」

「あー」

成る程、と縢は頷く。

そういう意味か。やっと繋がった。

しかし、どうだろう。シビュラシステムによって管理される「健康な市民」の世界であるこの社会は、予言された作品たちと比べて、似ているところもあるかも知れないが、似ていないとも強く感じる。

ギブスンが描く未来ほどの自由さや破天荒さはなく、オーウェルが描くほどには不気味な箱庭と言う訳でもないように思える。

強いて言うなら——
(予言って意味じゃ、ディックか？　あーいや、でも、分っかんねえな)

3

「予言で思い出した。縢くん、最近ネットで話題になってる占いのコミュフィールドって聞いたことある？」

食事を終えて、後はひたすら酒を酌み交わすばかり——

という段になったあたりで、朱がこんなことを言い出した。縢は肩を竦める。確かに、そういう話題があることは聞いている。だが。

「ま、いちおーね。悩み相談ブームの次は、占いか。タリスマンだかのカウンセリングも・どきなショーといい、シビュラの適性判定あたりに丸投げしたほうがよっぽど的確なんだろうに、効率の悪いもんってのは好かれるねえ」

「多分、適性判定とは別なんだと思うよ。真剣なものっていうより、遊び《ホビー》みたいなもので……それに、コミュフィールドで少し話す程度なら時間も掛からないし」

「そういうもんかね」

ちなみに——

縢自身は、適性判定を使用しない。もう十二分に自分はシビュラ漬けなのに、これ以上、自分から糞の山に頭を突っ込む気にはなるはずもなく。

「女は占いが好き、ってそういやとっつぁんも言ってたな。ああ分かった、あれだ、コウちゃんとの相性をチェックしてたりとか？」

「あはは、なにそれ。してないよ」

綺麗な笑顔。

流石に気付く。これは、素の表情じゃないな。

普段のそれと違って作っているのがよく分かる。本人としては、完璧にいつも通りに笑ってみせたと思っているのだろう、という内心の動きまで充分分かる。こういうのが俗に言う、顔に書いてある、というアレだ。

「図星だ。あー、そっか、図星か。可愛いところあるじゃん」

「してないって言ったんだけど」

「まーまー。別に、隠さなくたっていいんだぜ」

「そういう風にからかうの、良くないよ。火のないところに煙を立てる、みたいな。そもそも、そのコミュフィールドにはまだ一回もアクセスしてないし」

子供っぽく頬を膨らませている朱の姿。

年齢相応、と思いかけるが些か幼い仕草に過ぎる。アルコールにはかなり生来の耐性があると思しい朱がこういう反応をするのは、わざとか、それとも例外的に今回は酔いが回っているのか。

（あんまり意地悪しちゃ、可哀想だよな。この分じゃせいぜい、占ってるのは仕事相手との相性、ってな具合がいいとこだし）

　話題を引きずるのは止めておこう。

　とは言え、あからさまに話す内容を変えるのも自尊心を傷付けかねないか？

「占い、か。俺ァあんまりそーゆーの、ヤンないんだよね」

「ああ、そっか。男性は、そんなに気にしないっていう傾向があるよね、占いとか」

「どーかな。なんつか、俺の場合、運勢も含めて自分で体感してこそ楽しいゲーム、っつーか、んー、分かるかな」

「あんまり」

「だよね」軽く笑って「んじゃ、たまにはいつもと違うこともしてみっか。朱ちゃん、良かったらその占いっての、俺の分やってみてくんない？」

「ネットに繋ぐの？　いいけど、でも、自分で――」

　言い掛けて、あ、と朱が表情を曇らせる。

　潜在犯は執行官の身分を偽ってネットへアクセスするのが禁じられている、という事実を思い出したのだろう。すなわち、プロフィール非公開状態でのアバターを用いてコミュニティフィールドにアクセスする、なんて行為は全面的に不可能。

滕にとっては当然のこと。狡噛や征陸、六合塚といった他の執行官にしてもそう。水の中で息ができないのと同じくして、執行官は、一般市民と同じように素性を隠しながらSNSに接触することは不可能なのだ。

今更、何を気にすることもない。

なのに、どうしてこの子は気にするのか――

いや。常守朱だからこそ、こういう顔をするのだろうか。

「ま、そういう訳でさ。頼むよ」

両手を合わせて拝む。

征陸のとっつぁんなら、仏じゃねえぞと笑うだろうと思いつつ。

4

電子の代理人《アバター》を介して没入する、もうひとつの世界。

そこには一切の質量がない。物理的な意味では存在していないとも言えるし、しているとも言えるだろう。質量的には構成されていないに等しい代わりに、電子上には精緻に構築されているのだから。

ネット上のヴァーチャル空間。

眠りながら見る夢に何処か似て、けれども遙かに現実に近しい場所。

視界に広がるのは、とあるコミュフィールドの姿だ。さまざまなアバターで溢れ返る賑やかな広場。戯画化された星空と笑う月、そして、そこへ届かんばかりに高く聳える大型テント。

縢は、ディスプレイを通じてそれを眺める。実際にVRインターフェイス——大仰な機械製のゴーグルとグローブを装着して、アバターを操作しているのは朱だ。ディスプレイに映っているのは、朱の視点そのもの。

正確には、朱の操るアバター「レモネードキャンディ」の視点か。

「賑やかだねえ」

「うん。タリスマンやスプーキーブーギーの人気を引き継いだ、っていう部分が少しあるんだと思う。占いって、実際のところはある種のカウンセリングみたいなものだし」

「へえ、そんなもンかね」

「個人的な感想だけどね。でも、ここの管理者は、タリスマンみたいにVRカウンセラーを名乗ってはいないの。あくまで自分は占い師だから、って」

「そいつは初耳だ。んー、そのままズバリ、VR占い師とか?」

「ううん。外れ」

「正解は?」

「VRシャーマン」

それはまた酔狂な。

ファンタジー系のゲームで言うなら、魔法使いの類を指す名前。

もしくは、正真正銘のオカルトの類だ。

大型テントの中はひどく薄暗い空間だった。

高層ビルディング並の外観であったにも関わらず、中は妙に狭苦しい。テントと見えたのはあくまで見せかけ、実際には、何らかの建築物をテント状のテクスチャで覆い隠している、ということらしい。素直にテントなり建築物なりのどちらかをモデリングすれば良いものを、わざわざ、ホロに覆われた現実でも象徴させているのだろうか。

長い長い、暗い道。

天井だけがやけに高い。

歩いて行った先には重そうな垂れ幕がひとつ。よいしょ、とやや重い幕を持ち上げるアバターの細い腕。

さらに狭苦しい空間がそこにはあった。

タリスマンのコミュフィールドのような観客の姿はない。ショーではない、あくまで一対一で、ということか。これでは、こちらのほうがよほどカウンセリング・ルームらしく感じられる。

『あの……』

朱のアバターが声を掛ける。

空間の奥、小さなテーブルの向こうに座る小柄な人影に。

これが件の管理者アバターだ。

頭——というかアバターの頭部までをすっぽりとフードで覆ったローブ姿は、古いファンタジー映画やゲームに登場する魔術師じみている。シャーマンと呼ぶよりはメイジやソーサラーと呼んだほうがしっくり来る。

『いらっしゃい。可愛いお嬢さん。あたしは赤の女王。どうやらあんたは初めてのお客みたいだけど、今日は何を占って欲しいのかな？　学業、仕事、恋愛、財産、健康、他にもエトセトラエトセトラ、お望みのものを何でも占ってあげるよ』

『ええと、その、私じゃないの。今日は、隣にいる……リアルで隣にいるんだけど、その友達のことを占って貰いたくて』

『おや。それなら、その子に代わってくれてもいいけど』

『事情があって、本人はゴーグル被れないから——』

『なあにそれ？』

『……』

『ふうん、変わった話だ。でもいいよ。言えることをはっきり言って、言えないことはきっぱり言わない。裏表のないキャラ付けが気に入った。そのアバターも結構カワイイしね。それじゃあ、あんたが、そのお友達とあたしとの橋渡しをするってことで、オーケイ？』

勿論、それでいい。

気前のいい管理者で助かった。

隣の朱にそっと告げる。オーケイ。さあ、占ってもらうとしよう。内容は——と考え掛けたところで、これが困った。特に何を占って貰うのか考えていなかった。仕事、恋愛、財産、健康、何かに限定してしまうと面白みがないというか。

だから、敢えて変化球を投げてみる。

何かを予言してくれ、と。

『予言？　随分と漠然としてるねえ。でも、まあ別にそれでもいいよ。運勢を占ってくれってことなら、そういうお客も実際多いんだ。じゃあ、占ってやる』

赤の女王がぱちんと指を鳴らす。

すると、テーブルの上に大きめの水晶玉が現れる。朱は驚いた声を挙げているが、縢は特に無反応。凝っているとも思わない。今時にしては、安っぽい演出だ。

『幾つか質問をするよ。何かを予言してやるのは、それからだ』

（それ、カウンセリングじゃねーの？）

思ったが口にはしない。

と。

『それって、カウンセリングみたい』

「……朱ちゃん、せっかく俺が黙ってたのに何で言っちゃうかな」

『え』

『はは、正直なお嬢さんだ。そうだよ。カウンセリングに似てるんだろうね。ま、あたしのは我流みたいなもんだから、特に似てるのかも。でも、詐欺じゃないよ。あたしはれっきとした実践魔術の流れを汲んだ本物のオカルティストさ。言ってみれば、エリファス・レヴィがあたしのお師匠さ』

はっきりと――

赤の女王は口にしていた。

オカルト、と。

縢は思わず笑い声を上げてしまいそうになる。下らない、と思った訳ではない。下らないと反応されることを恐れもしない堂々とした物言いを見事と感じたからだ。作り物の電子の世界とは言っても、人が集えば当然ながら社会が形成される。そんな二二世紀のネット社会で、こうも明確に、オカルティストを名乗って人を集めてみせる奴がいるのか。

大した奇矯だ。
酒が入った上での余興には、もってこいかも知れない。
内心で喝采しつつ、滕は朱に伝える。質問を寄越してくれて構わない、と。

『じゃ、質問だ。好きな食べ物は？』
——旨いもの。
『もっと詳しく』
——キウイと激辛なもの以外はなんでも。
『好きなものは？』
——ゲーム。あと、料理。
『得意な料理は？』
——タコライスの、目玉焼きを乗せたやつ。
『好きなゲームは？』

――ＦＰＳ。ファンタジー系のＲＰＧも。格ゲーも悪くない。あと。

『あと、何？』

――いんや、なんでもない。

『好きな本はある？』

――漫画なら読む。ジョジョとか？

『好きな映画はある？』

――スターウォーズ。実写じゃなくてＣＧアニメの。あと、マイケル・ベイの映画。

『マイケル・ベイの何が好き？』

――しょっちゅう爆発するのがスカッとする。

『爆発は好き？』

――嫌いじゃないね。

『嫌いなものは？』

――デスクワーク。

『欲しいものは？』

――天然モノの食材。特に、鮮度が良いものなら嬉しいね。


他にも、あれこれと。

やけに多いと感じるのは気のせいだろうか？

たっぷり十五分はかけて、綿密に質問と応答が繰り返されて。仕事内容のような、さすがに答えにくいものについてはぼかすしかなかったが、かなりの数の質問に対して正直に返せただろうと思う。

ここまで話しておいて、つまらない結果が返って来たらどうしてやろう。

そう思い始めた頃、赤の女王はこう言った。

『わかったよ。もういい、充分だ。あんたのことを予言してあげる』

さあ。どんな予言だ。

特に緊張感はない。

長々と、朱越しとは言えそれなりの時間にわたって会話を交わしたせいか、構える気持ちは生まれてこなかった。友人相手とは流石にいかないが、それなりの親しみを以て言葉を受け止める準備ができている。恐らくは管理者の話術のためだろう。オカルティストとは言っていたが、どうして立派にカウンセラーじみている。

隔離施設にいた頃にさんざん出会った、白衣を着た連中よりはずっといい。

あの頃、カウンセラーとは随分話した。何人も、何人も。そのうち鼻っ柱を叩き折ってやった奴はどれぐらいいただろう。まさか五割ってことはないだろうから、せいぜいが三、四割といったところか。

瞬間。俄に、朦の脳裏に思い浮かぶものがあった。

明るい部屋。

ガラス越しの会話。

音のない言葉。

ゲームをしよう。最後のゲーム。

アリスは地下へ落ちていったんだ——

『あんたは、アリスだ。不思議の国のアリス』


「……何?」

思わず、ディスプレイの向こうへ向かって聞き返す。

聞き覚えのある名前だった。

あの時、確かに聞いた名前だ。声のない言葉で語られたもののひとつ。

不思議の国のアリス。

その言葉の並びも何処かで目にしたような。何だ？

雑然とした記憶の海を割って湧き上がってくる幾つかの映像や言葉の中で、朦はひとつの本を思う。手に取ったことのある本だ。本。本。本。本の群れ。無数の本が収納された地下室の中でたったひとつ、非公認芸術の宝物庫で手にした本。

原著の出版初年度は、現在よりもずっとずっと昔。

著者はルイス・キャロル。

そして、その題名が——

『あ、知ってる。数学者のドジソンが書いた本。おとぎ話だよね』

『博識だね、レモネードキャンディ。チャールズ・ドジソン。ペンネームはルイス・キャロル。あんたのお友達はアリスだ。聞こえてるね、お友達さん？』

「……」

無言で、朦は頷く。

見えている訳でもないのに、絶妙なタイミングで赤の女王は言葉を続ける。

『地下世界《アンダーグラウンド》へあんたは降りていく。兎を追って、走ってね』

「兎、ね」

いつかのことを思う。

見事に言い当てられたな、と思いかけるが過去の話だ。

予言とは些か違う。

それに、獲物を追って走るのはいつものことだ。

「それから?」

朱が代わりに伝えてくれる。それから、と。

『それだけよ。それでおしまい。あんたはアリス。鏡の国じゃなくて、不思議の国のほうのアリスだ。だから、最後の瞬間まで、ずうっと兎を追い掛けるんだよ』

「へえ」

随分と漠然としたものだ。

けれど確かに、予言をしてくれと言ったのは自分だ。

検索するまでもなく、予言とは、得てしてそういうものだと知っている。例の地下室の事件の後、既に国語辞書データを検索済みだ。用例も。未来の予測——実際に編み上げられるのは、思わせぶりで、謎めいて、どうとでも取れそうな言葉の羅列。

(ずうっと、か)

最後の瞬間まで。

そうか。最後、ときたか。

「朱ちゃん」

「うん?」VRゴーグルのマイク機能をオフにして、朱が応える。

「女王さんに言っといて。ありがとさん、面白かった。流石は本物のオカルティスト、多分それ当たってるぜ。俺は最後まで獲物を追い掛け続ける。間違っちゃいない」

軽く、笑いながら。

軽く、言葉を放つ。

なるべく重みを感じさせないように。

それでも、正直に。思ったままをするりと唇から声に変えて。

「死ぬまで執行官なんだろうし、俺」

冗談めかして言ったつもりだったけれど——

常守朱は笑わなかった。

厚生省本部、ノナタワー地下区画。

正式なデータとしては存在しない区画であることを鑑みれば、地下秘密区画か。

暗がりの中を滕《かがり》秀星《しゅうせい》は降りて行く。慎重に。しかし速度を意識しながら。

非常階段を降りて、降りて、降りて行く。

逃げる兎を追って、追って、追い立てる。

兎。獲物。いつかのペットロイドとは違う、殺人兎。自分の獲物ではあるものの、気を抜けばすぐにこちらの首を落としにかかってくる凶悪な奴だ。実際のところ、一匹目からして非常に手強かった。

滕は降りて行く。追って行く。地下の、ずっと奥深くまで。

最も深い場所。

最下層――

感覚と記憶が正しければ、およそ十階層程度は下へと降りたはずだった。データに存在する地下四階までと合わせて考えれば地下十四階あたりか。随分と深い。都内のど真ん中にこうも深く広大な空間が人知れず存在していると考えると、薄気味が悪い。一体どんな後ろ暗い理由があるのやら。

「……ふぅ」

息を吐いて、勝は暗がりを歩いて行く。

右肩の痛みが疼く。

先刻の戦闘で襲い掛かってきた兎――ヘルメット男との戦闘で負った傷だ。ネイルガンから高圧ガスで以て射出される釘の一撃を受けてしまった。代わりに首を折ってやったから、おあいこだろう。いいや、幾らか向こうの分が悪いか。

既に釘は抜いてある。

幸いにして太い動脈を外れているので、出血量はそれほどでもない。

動けないほどの重傷でもない。ただ、痛いだけだ。痛覚遮断のドラッグあたりをキメれば楽にはなるだろうが、生憎と執行官の支給装備には含まれていないし、持ち歩く癖もない。まず、持っていたとしてもここでは使えない。

何故なら、兎はあと三匹も残っているのだから。

ドラッグで意識朦朧の状態にでもなれば、戦闘の際に支障を来す。

(残り三匹。楽勝じゃん)

口元を歪めつつ、進む。

腰には一応ドミネーターを差してはいるが、役には立たない。ただの鈍器だ。

つい先刻まで通信機越しに幾つかのやり取りを交わした男の言葉に依れば、この地下空間は大規模な電波暗室になっているらしい。恐らくは事実だろう。それなら、ドミネーターが起動しないことにも、唐之杜《からのもり》との通信が途絶えていることにも綺麗に説明が付く。

完全なオフライン状態。

廃棄区画ではない、官庁街のど真ん中で――

（ぺらぺらとまあ喋りやがって）

通信機越しに話した男。随分と親しげに話す奴だった。

扉のセキュリティがどうのと話していたから、十中八九、クラッカーだろう。変わった奴だった。電波暗室云々に加えて、シビュラシステムやら世界やらについてあれこれと御託を並べていたが、まさか「友達になれると思った」とまで言ってくるとは。

（笑えねえっつの、ゲス野郎が）

仲間が――狡噛《こうがみ》と朱《あかね》が上で戦っている。

最上階の先、アンテナ区画。兎のボスとまさしく殺し合っている最中だろう。

不義理はできない。それに。

（……猟犬が、悪魔気取りの兎なんぞと肩を並べるかっての）

＊

暗い通路を進んで行く。

不意に、いつか歩いた旧渋谷川暗渠を思い出しかける――仕掛け罠《トラップ》の類がない分、あれに比べれば幾らかましか。それでも、一本道のくせに妙に曲がりくねった構造は迷宮を連想させる。尤も、迷わせるつもりがないなら迷宮ではないか。なら、何だ？

内臓あたりはどうだろう。

ああ、それなら感覚としては馴染む。

この通路は腸だ。入口ひとつ、行き先もひとつきりの、迷いようもない通路。

迷宮なら、行く手を阻むのは怪物だ。

内臓なら、免疫だとか白血球だとか。

(お前らはどっちだ。なあ、俺の兎ちゃん？)

行く手の物陰を朦は睨み付ける。気配があった――

視線に応じるようにして、音もなく姿を見せる人影がふたつ。

一匹目と同じ、例のヘルメットを被った男たちだ。今度は不意打ちではなく、こちらを待ち構えていたらしい。なかなか度胸が据わっている。ただし、こちらはひとりであちらはふたり。二対一。正々堂々、と呼ぶには些か引っ掛かる。

試しにドミネーターを向けて見るが、反応なし。

やれやれ、と肩を竦めつつ、奪っておいたネイルガンに持ち替える。

「門番《ゲートキーパー》がふたり、かよ。面倒臭ぇなあ。ひとりずつ出てこいよ」

返答はない。

男たちは、ただ無言。

工事用のレーザー・チェーンソーを持ったヘルメット男が、一歩、前に進み出る。

もう片方の男は振動式ナイフを片手に、慣れた様子で低く構えてみせる。

戦闘態勢。明らかにあちらは戦い慣れている。ただ、欲望に駆られて暴力を選択した類の市民崩れの潜在犯とは訳が違う、ということか。効果的な戦闘、すなわち殺人を訓練された兵士の類。この国で、まさか、そんなものを見ることになるとは――

「チェーンソーのお前が男A。ナイフのお前が男B。……なんだよ、AとBで分けたら雑魚敵っぽく思えてきたな」

軽口を叩きながらネイルガンを構える。

同時に、覚悟を決める。

普段は使わないようにしている回線《チャンネル》に意識と肉体を合わせる感覚。俺はやれる。躊躇わずに、迷わずに、成すべきと思ったことを成せる。まっとうな「健康な市民」にはできようもない、施設で鍛えた喧嘩殺法とも違う戦い方をしてみせる。
こちらが殺すか。
あちらが殺すか。
こちらが生き残るか。
あちらが生き残るか。
執行官をしていても、滅多にないゲームだ。
何せ、無敵仕様《チート》のいつもの最強武器《ドミネーター》なしでの殺し合い《ゲーム》だ。

朱の横顔を思い出す。
人生の先輩としては、ここで尻尾を巻いて逃げる訳にもいかない。
狡噛の声を思い出す。
正しい後輩としては、かけられた期待には応えなくてはいけない。

迷わない。
躊躇わない。
――縢は、ネイルガンの引き金を絞る。

＊

負傷した。

右肩に続いて左足にも傷ができた。ひどく痛む。

レーザー・チェーンソーの一撃を僅かに躱しきれなかったせいだ。それでも、何とか歩くことは可能か。この程度で済んだのは幸運だと言えるだろう。まともに喰らっていれば足が千切れ飛んでいた。

まずは、ひとり。もしくは一匹。

傷付きながらも「男A」を膝は殺してみせた。実に手強い相手だ。ネイルガンをまともに二発喰らっても怯まずに突っ込んできたことから考えて、何らかのドラッグを使っているのは間違いない。痛覚遮断。しかも行動が鈍っていないどころか猛烈な勢いで襲って来るのだから、前世紀の戦場あたりで使用されていた戦闘薬の類だろう。

「……それで、お前、何ぼうっとしてんだよ。呆けてンのか？」

残った男を睨む。

男は、振動式ナイフを低く構えたまま動かない。

奇妙な感覚。何だ？

滕がもうひとりを殺すのを、こいつは黙って見ていた。何もせずに。二名同時に襲い掛かってくれれば勝率は跳ね上がっていただろうに、微塵も動くことがなかった。

「それともあれか。俺が言ったのを真に受けてくれた？　ひとりずつ、ってさ。いや、こっちとしちゃ有り難いが、どうしようもない莫迦だな。お前」

言いながら、最後の武器を取り出す。

携帯式のスタンバトン。勢いよく振って、伸張させる。

「聞こえてっか？　男Bさんよ」

沈黙。返答なし。

暗がりの地下空間に滕の声だけが反響する。

そして――

――男は、奇妙な仕草をした。

振動式ナイフを構えたまま。

戦闘態勢のまま。

ナイフを持っていない左手の指を二本――人差し指と中指を立てて、くい、くい、と二度折り曲げて。やろうぜ、という挑発のジェスチャー。そういうものは人差し指だけでやるのだろうに、わざわざ二本の指でそうしてみせる。

三度目だった。

これを見るのは。

二度目の時は、品川、臨海廃棄区画の雑居ビル屋上で。

一度目の時は、隔離施設。

「お前」

まさか。

幾つかの記憶が脳裏を過ぎる。

幾つかの映像が脳裏に浮かぶ。

幾つかの可能性。

幾つかのまさか。

けれど、ただの一瞬。コンマ二秒も費やすことはなかった。考えない。声のない言葉を交わし合った少年のことも、配属初日のゲームで目にした「G」の模様も、旧渋谷川暗渠のシャッターに描かれた同じ模様も、品川の雑居ビル屋上から飛び降りた誰かのことも、滕は一瞬以上には考えなかった。

余計なことは考えない。

――考えるな。
自分はただの猟犬だ。
――忘れるな。

こいつは獲物だ。
――噛み付け。

獲物を前にして、舌なめずりなどはしない。
――噛み付け。

ここで負ければ、仲間に合わせる顔がない。
――噛み付け！

兎だろうと狼だろうと、自分と同じ犬であろうと迷いはしない。
牙を剥いて。ただ、ただ、突き立てる。
噛み付く。噛み殺す――

「……ッ」

息を漏らした次の瞬間には、思考のすべてを目前の戦闘行為に注ぎ込んでいた。

敵も、同じく。

恐れることなく踏み込んで、スタンバトンを振り上げざまに叩き込んだ膝の蹴りが、的確に防御されていた。フェイントに惑わされることなく攻撃動作を読んだのだ。訓練されている上に、実戦経験も豊富な手練れと来たか。

実に、最後の門番に相応しい。

距離を取って、スタンバトンの先端を男へと向ける。

「来いよ」

言葉に応じるようにして。

敵が、来た。

見事なナイフ捌きと切れのある体捌き。

これまでの二名よりも強い。冗談めいた切れ味を誇る振動式ナイフを持っていても、それのみに頼ることなく際限なく攻撃を繰り出してくる。拳。肘。足。ナイフを含めた自己のすべてを武器として、実に鮮やかで正確な連続攻撃。

正直、自分よりも腕は上だろう——即座に膝は判断する。

主に狡噛や征陸《まさおか》を相手にしたスパーリングで、自分の強さは把握している。相手を破壊する攻撃の重さや正確性では狡噛のシラットには敵わないし、相手を制圧する手腕では征陸の柔道に敵わない。まっとうな打ち合いでは、この男にも敵うまい。

（糞ッ、速えな随分と！）

敵の攻撃のすべては払いきれない。

教科書通りに必ず急所を狙ってくる殺人術ならまだしも、狙える場所を臨機応変に狙って繰り出される攻撃を凌ぐのは、縢には、極めて困難。やはり、振動式ナイフの存在が大きいか。ナイフの一撃を深く喰らってしまえば、この戦闘そのものは凌げたとしても出血多量でおしまいだ。

賢いことに、敵はそれを熟知している。

そうして意識がナイフへ向くのを理解して、牽制に使う。

的確に。正確に。精確に。

四度目の攻撃までは対処できたが、五度目にやられた。縢がナイフへ意識を傾け過ぎたのを察知した敵は、深く深く上体を沈ませてから、伸び上がりざまに連続攻撃を縢の体に叩き込む。左の拳、左の肘、右の肘、右足刀。四発。

「ぐ、ぁ……ッ」

僅か二秒弱の攻撃で、少なくとも肋骨は幾つか折れた。

息が詰まる。

一度後退して間合いを広げるべきところ、動きが止まる。

完全な隙だった。

狙い違わず、膝の頸動脈めがけて振動式ナイフが迫る。

(――よし)

これでいい。これを待っていた。

低い姿勢の構えから、伸び上がるようにしてナイフを突き出す敵へ向かって、膝は思い切り自分の体を叩き付ける。上から下へ。体でぶつかる。首に突き刺さるか、左肩に食い込むのか、出たとこ勝負の感は否めない。実際、ある種の賭けではあった。

振動式ナイフは左肩に深く突き立っていた。勝ちだ。

賭け《ゲーム》に。勝負《ゲーム》に。殺し合い《ゲーム》に。

自分よりも実力に勝る相手から勝ちをもぎ取るなら、これくらいは惜しくない。

そのまま体重を掛けて、諸共に倒れ込んで――

膝の左肩にナイフが深く抉り込む。

敵の鳩尾に膝の肘が深く突き立つ。

ごぼり、と敵がヘルメットの隙間から鮮血を溢れさせる。全体重を乗せた膝の肘打ちを受けて、いずれかの内臓が破れたのだろう。後は簡単だ。よろけながら立ち上がってネイルガンを拾い、痙攣している敵へ向けて何度か射出。

四度目の射出で、敵は動かなくなった。

「――――」

物言わぬ死体。

何かを言うべきか迷ったが、結局、縢は言葉を出さなかった。

腕に突き刺さったままのナイフを引き抜いて、深く、深く、息を吐く。動脈がどうとか考えている余裕はなかった。冷たい床に座り込んで、それから。

ふと、上を見上げる。

暗がりの地下。

不気味な天井。

そんなものは見ていない。いいや、何かを視界に納めようとしてはいない。何かと言って、今更、何らかの感慨なりを得て放心した訳でもない。たった今、自分が殺してみせたばかりの相手の素性に意識を向けたのとも違う。そうじゃない。

「上は、大丈夫かね……」

――仲間のことを思っただけだ。

狡噛《こうがみ》慎也《しんや》。

常守朱《つねもり》。

あのふたりなら、これ以上の怪物相手《マキシマ》でもやり遂げるだろう。

理由の類は幾つか思い浮かぶものの、体のあちこちがひどく痛むせいか、思考が明確にはまとまらない。ただ、確信めいた妙な実感があった。

「さぁ、行きますか」

小さく呟く。

立ち上がって、さらに奥へ。

さあ、行くとしよう。ノナタワー地下の最奥まであと少し。

残念ながら止血している時間はない。

「……兎を追って、地面の下を這いずり回るってか」

息を吐きながら進む。

脚を引きずって、既にぽっかりと口を開いている最後の扉へと。

＊

扉の向こう——
そこには、男がひとり。呆然と佇んでいた。

先刻、通信機越しに会話したあの嫌な相手だろうか。
手製と思しい銃器をだらりと片手に提げたまま、立ち尽くしている。

滕も、言葉を失った。
地下の最果て。
最後の扉の先。
目に痛いほどの照明に満ちた場所だった。
あの隔離施設の明るさを思わせる、無菌室じみた空間。
けれど、広い。広すぎる。
そして――

妙なものがある。

規則正しく配列された透明な箱。箱。箱。
箱の中に入っているのは、脳だ。直感する。あれは人間の脳だ。
箱。箱。箱。箱。
脳。脳。脳。脳。脳。

パッケージングされた脳が大量に並んでいる。どれだけの数があるのか、一見しただけでは把握できない。並列接続された無数のパッケージ「脳」。手早く動くロボットアームが不規則に箱を掴んでは、時に、配列場所を入れ替えて。時に、何処かへと運んで。

「……何なんだ、こりゃ……」

通信機越しに、男は言っていた。

扉の向こう側に在るのはシビュラシステムの中枢だ、と。

これが。中枢？

首都圏各地に設置されたサーバによる分散並列処理、鉄壁のフォールトトレラントを実現した理想のシステム。それがシビュラのお題目の筈だ。それが。これか。

これは何だ？

――人間の、脳みその群れだ。

この光景が、シビュラか。

品川の地下室で見た本棚の群れのほうがよほどましだ。

世界の根幹の正体がこれであるなら、最早、ディックどころか、オーウェルの不気味さを遙かに超えている。こんな――

「こいつが、シビュラシステムの正体だ」
佇む男が言った。義眼の男。自然にはあり得ない色合いの目。
男は、笑っていた。
「この手でぶち壊すまでもねぇ……こいつを世間に公表すれば、この国はおしまいだ！
今度こそ本当の暴動が起きる。もう誰にも止められねぇ！」
男は嗤う。歓喜の類かはともかく、確かに、顔に笑みを貼り付けてはいた。
ああ、こいつはこれを見てこんな風に笑えるのか。
朦は笑えなかった。
無数の箱。
無数の脳。
自分たちとは違う「健康な市民」の集う社会の根幹を成すシステムの根幹。
これが――
こいつらが、俺たちの人生を選別するのか？

＊

嫌な空気があった。

正確には、ここに足を踏み入れた時から存在していたのか。籐が気付いた時には、あの独特の感じが、既に、周囲にはたっぷりと立ち込めていた。

嗅覚では感じられないもの。

触覚でも感じられないもの。

死の、気配。

ヘルメットの男たちと相対した時にはさほど感じられなかったそれが、大量に。咄嗟に籐は背後へ振り返っていた。この広い空間への扉へと。

そこには、いるはずのない人間がいた。

初老の女性。

名前は、禾生壌宗《かせいじょうしゅう》。

公安局局長。

見覚えのある相手が、見覚えのあるものを手にしている。

黒色の大型拳銃《ドミネーター》を——

そこから先は、冗談のような光景だった。

義眼の男が、振り向きざまに手にした武器を局長へ向ける。

手製の武器だろうか。何かを射出する武器だ。ここへ至るまでに縢が殺した三名の武装から鑑みて、あれも、一撃必殺の致死性を有しているのは間違いない。

局長と男。

互いに、ほぼ同時の射撃。

ドミネーターから射出された殺人電磁波が男を破裂させる。

足下に転がる、一対の義眼。

けれど、局長も射撃武器の直撃を受けていた。瞬時に半身が溶解する。

強力な濃硫酸だ。有機物を一瞬で浸食して溶かしきるほどの。


「局長――」

言葉は、自分の唇から出たはずなのに。

他人の声のようだった。

聴覚も、視覚も、とっくに現実感はない。

脳みその群れを目にした時から。

この空間は何なんだ。

シビュラシステムとは、何だ？

それに、なぜ、局長がここにいて――


「……あんたは」

なぜ、あんたは、肉の一片もない機械で出来た中身を露出させている？

壬生局長は、濃硫酸を受けても立っていた。

言葉を交わしたことなど殆どなかった。鉄面皮の女だと思っていた。だが、まさか、本当に機械製だったとは。人間じゃなかったのか。全身サイボーグ？

機械の駆動音を響かせながら、そいつは鷹揚に腕を上げる。

ドミネーターが、縢へと向けられる。

＊

ま、何となく、そうだろうとは思ったさ。

次は俺か。

そういう感じはした。

電波暗室がどうので稼働しないはずのドミネーターが、俺を捉えている。

きっと今頃、局長への指向性音声が響いてるんだろう。

俺の犯罪係数は三〇〇未満。パラライザー形態に戻るのは当然。と思いきや、再度の変形と来た。エリミネーターへと変形して、そのまま、デコンポーザー形態へと切り替わる。

分子分解銃。

完全排除すべき脅威度を有する障害を捉えた時のみ変形する形態。

終わり《ゲームオーバー》を告げる、シビュラの目《ドミネーター》。


ああ、成る程。

局長だかサイボーグだか分からないこいつが、俺を殺す?


いいや。

違うんだろうな。

世界《シビュラ》が俺を殺すんだ。

判断を下すのは銃の持ち主じゃあないんだろう、縢秀星。

もう判断は下されている。

見ろよ、執行モード・デコンポーザーだ。

こいつを向けられる人間ってのはまずいない。何せそもそも人間用じゃない、それ以上の危険な障害を強制排除するための、空間破壊・消滅装置ときたもんだ。

どうやら俺は排除すべき障害らしい。

そうとも。

五歳の頃とそっくり同じ。

社会から切り離してやるべき奴なんだとさ。

今度は、肉体も粉々だ。後には髪の毛一本たりとも残らない。


（……ったく、何だそりゃ）


もしも——

万が一にも、だぜ。

こいつが、何かのゲームであるとしようや。

大したゲームだと思うぜ。

自由度は低いけど、よくできてるんじゃねえの。

こうなるように最初から仕組まれてでもいたみたいだ。

地下。地下。地下、とさ。
あーあ。俺、獲物の兎を追っていたつもりだったんだけどな。
どうも、姿のない怪物《バンダースナッチ》を引き当てちまったらしい。
それとも、この地下のすべてがそうか？
ああ。
違うかな。
言ってみりゃ、世界のすべてが怪物だった、って方がそれらしいか。

「やってらんねーよ、クソが」

そう言って。
幾つかの親しい顔を想いながら。
滕秀星《おれ》は、最後に――笑みをひとつだけ残す。

（了）

あとがき

最後の瞬間――
彼が、一体、どんな表情を浮かべていたのか。
それを知る人間は誰もいません。
わたしたち以外には。

本書はアニメーション作品『PSYCHO-PASS サイコパス』を原典としてサイコパス製作委員会の監修の下で作成されたスピンオフノベルであり、登場人物のひとりである執行官・縢秀星を主人公として紡がれた物語です。

アニメーションをご覧になった皆さまにはお分かりの通り、縢の人生は、すなわち第十六話のラストシーンで決定的な場面を迎えます。彼がその時に見せた表情はわたしの胸に深く残り、更には、ニトロプラスの戸堀プロデューサーから「一枚の絵」を見せていただいた瞬間に、明確な形となりました。「一枚の絵」とはすなわち、本書に於ける四枚目の挿絵の元となった――塩谷監督の直筆によるラフ・イラストでした。

狡噛と朱がいるはずの「上」を見上げる、縢秀星。その姿。

そして、あのラストシーンの表情。

ひとりの男の人生の物語が、そこには確かに存在していました。

本書は、それらの断片から導き出された籐秀星の物語です。

もしも何かを感じていただけたなら、幸いです。


ここからは謝辞を。

スピンオフノベルの機会のみならず、数多の着想を与えて下さった上に、本書制作の指揮を執って下さった戸堀プロデューサー。本当にありがとうございました。そして多大なるご迷惑の数々、申し訳ありません。この御礼はいずれ必ず、必ず……。

そして、多くのお力をお貸し下さいました関係者の皆さま。僭越ながら、この場を借りて感謝申し上げます。


それではまた。

どこかで。

桜井光

奥付

PSYCHO-PASS LEGEND

追跡者 滕秀星

2014年9月13日 初版発行

原作 PSYCHO-PASS サイコパス

著者 桜井光

発行者 保坂嘉弘

発行所 株式会社マッグガーデン
〒102-8019 東京都千代田区五番町6-2 ホーマットホライゾンビル5F
（編集）TEL:03-3515-3872 FAX:03-3262-5557
（営業）TEL:03-3515-3871 FAX:03-3262-3436

表紙イラスト Production I.G

イラスト タツノコプロ×Nitroplus

ロゴデザイン 草野デザイン事務所

装丁 シンシア

印刷・製本 凸版印刷株式会社

サイコパス 公式サイト psycho-pass.com

ISBN978-4-8000-0366-9 Printed in Japan